Il suo
DUCA

LIBRI DI LUCINDA BRANT

— I Roxton, i primi anni —

NOBILE SATIRO

LA SUA DUCHESSA

IL SUO DUCA

LE LORO GRAZIE

— La saga della famiglia Roxton —

MATRIMONIO DI MEZZANOTTE

DUCHESSA D'AUTUNNO

DIABOLICO DAIR

LADY MARY

IL FIGLIO DEL SATIRO

ETERNAMENTE VOSTRO

CON ETERNO AFFETTO

— I gialli di Alec Halsey —

FIDANZAMENTO MORTALE

RELAZIONE MORTALE

PERICOLO MORTALE

CONGIUNTI MORTALI

— Serie Salt Hendon —

LA SPOSA DI SALT HENDON

IL RITORNO DI SALT HENDON

'Occhialino e penna d'oca, e via nella mia portantina—il 1700 impazza!'

Lucinda Brant scrive romanzi e mistery ambientati nell'era georgiana, famosi per la loro arguzia, l'atmosfera drammatica e il lieto fine. Ha una laurea in storia e scienze politiche ottenuta all'Australian National Universiry e una specializzazione post-laurea in scienza dell'educazione della Bond University, che le ha anche assegnato la medaglia Frank Surman.

Nobile Satiro, il suo primo romanzo, ha ottenuto il premio Random House/Woman's Day Romantic Fiction di 10.000 $ ed è stato per due volte finalista del Romance Writers' of Australia Romantic Book of the Year.

Tutti i suoi libri hanno ottenuto riconoscimenti e premi e sono diventati bestseller mondiali.

Lucinda vive in quella che chiama 'la sua tana di scrittrice' le cui pareti sono ricoperte da libri che coprono tutti gli aspetti del diciottesimo secolo, collezionati in oltre 40 anni… il suo paradiso. È felice quando i lettori la contattano (e risponderà!).

lucindabrant@gmail.com | lucindabrant.com

MIRELLA BANFI

QUANDO NON STO LEGGENDO, passo il tempo libero traducendo i libri che mi sono piaciuti, per dare anche ad altri la possibilità di leggerli in italiano. I vostri commenti sono importanti, mandatemi un messaggio a:

mirella.banfi@gmail.com

I ROXTON, I PRIMI ANNI – TERZO VOLUME

SEQUEL DI *LA SUA DUCHESSA*

Lucinda Brant

TRADUZIONE DI MIRELLA BANFI

A Sprigleaf Book
Pubblicata da Sprigleaf Pty Ltd

Il suo Duca: Sequel di *La sua Duchessa*.

Traduzione italiana di Mirella Banfi.
Revisione a cura di Marina Calcagni.
Progettazione artistica e formattazione: Sprigleaf.
La copertina si ispira al quadro: *Ritratto di Duval de l'Épinoy, marchese di Saint-Vrain*, di Maurice Quentin de La Tour.
Cavaliere con tricorno: fiorone decorativo di Sprigleaf.

Disponibile come e-book e nelle edizioni in lingua straniera.

ISBN 978-1-922985-22-4

10 9 8 7 6 5 4 3 2 1 Copertina Rigida - Edizione Biblioteca (i) I

DRAMATIS PERSONAE

La famiglia Roxton, il nucleo familiare e il personale

Roxton: *il duca di Roxton, alias* Monsieur le Duc.
Antonia: *a duchessa di Roxton, alias* Madame la Duchesse, *alias la* Comtesse de Roucy.
Vallentine: *Lucian, lord Vallentine, il migliore amico di Roxton, e marito di sua sorella.*
Estée: *lady Vallentine alias* Madame, *moglie di Vallentine e sorella di Roxton.*
Martin: *Martin Ellicott, ex valletto di Roxton e padrino di Julian (*mon parrain*).*
Julian: *il figlioletto di Roxton e Antonia, alias JuJu.*
Gabrielle: *cameriera personale di Antonia, sorella minore di Yvette, Rose e Giselle.*
Céleste e Cécile: *le balie di Julian, alias le nutrici di Morvan.*
George Geraghty: *il valletto di Roxton.*
Jean-Luc Levron: *figlio naturale del padre di Roxton (il marchese di Alston) e della sua amante, una* marionnettiste.
Augusta Fitzstuart: *la contessa di Strathsay, alias* Grand-mère. *La nonna di Antonia.*

La famiglia Salvan e il nucleo familiare

Le vecchie zie: *le sorelle di Philip,* Comte de Salvan. *Zie di Roxton attraverso sua madre, Madeleine-Julie; zie di Salvan tramite suo padre Philip.*

Tante Philippe: *la marchesa di Touraine-Brissac, alias* Madame *Touraine-Brissac. Madre di Alphonse, duca di Touraine. Nonna di Elisabeth-Louise e Michelle Haudry.*

Tante Victoire: *la contessa di Chavigny.*

Tante Sophie Adélaïde: *sorella gemella di Victoire, una suora.*

Madeleine-Julie Salvan Hesham: *la minore delle sorelle Salvan. Marchesa di Alston. Madre di Roxton ed Estée, morta nel 1734.*

Salvan: *Jean-Honoré Gabriel Salvan,* Comte de Salvan. *Figlio di Philip,* Comte de Salvan, *primo cugino di Roxton. Nipote delle vecchie zie.*

Cavaliere Montbelliard: *alias il cugino Hugh. Erede del* Comte de Salvan.

Michelle Haudry: *alias* Madame *Haudry, nuora di un* Fermier Général, *figlia di Alphonse, duca di Touraine, nipote di Philippe,* Marquise de Touraine-Brissac.

Alphonse, **Duc de Touraine**: *unico figlio di* Madame *Touraine-Brissac, primo cugino di Roxton e suo intimo amico. Padre di Michelle Haudry ed Elisabeth-Louise Salvan Gondi Touraine.*

Elisabeth-Louise: *sorella di Michelle Haudry, nipote di* Madame *Touraine-Brissac.*

Thérèse*, Comtesse *Duras-Valfons: *ex amante di Roxton, moglie del barone Thesiger, sorella del* Marquis de Chesnay, *madre del bambino, Robert.*

***Gustave*, Marquis de Chesnay**: *amico di Roxton, fratello di Thérèse Duras-Valfons.*

Richard "Ricky" Thesiger: *barone Thesiger, marito estraniato di Thérèse Duras-Valfons.*

Giselle: *cameriera personale di Elisabeth-Louise, sorella di Gabrielle.*

FIGURE STORICHE CHE APPAIONO O SONO MENZIONATE

Louis: *re di Francia. Louis XV (1710-1774) conosciuto come Luigi il Beneamato, re dal primo settembre del 1715 fino alla sua morte nel 1774*

.

Mme de Pompadour: *la* maîtresse-en-titre *(l'amante ufficiale) del re, alias* Marquise de Pompadour, *nata Jeanne Antoinette Poisson (1721-1764).*

Comte d'Hozier: *il genealogista del re, custode dell'*Armorial général de France *e* Juge d'armes de France. *Louis Pierre d'Hozier (1685-1767).*

Marquis de Dreux-Brézé: Grand maître des cérémonies de France. Alias *Joachim*, Marquis de Dreux-Brézé *(1710-1781).*

Duc de Bouillon: Grand Chambellan de France. (*1706-1771*).

Duc de Richelieu: *aka Armand, Louis François Armand de Vignerot du Plessis de Richelieu, Primo gentiluomo della camera del re. Louis François Armand de Vignerot du Plessis (1696-1788).*

Marie Leszczyńska: *regina di Francia (1703-1768), moglie del re Louis XV.*

Marquis de Maurepas: *Jean-Frédéric Phélypeaux de Maurepas, segretario di stato. Jean-Frédéric Phélypeaux, conte di Maurepas (1701-1781), politico francese.*

M'sieur de Marville: Lieutenant Général de Police *per Parigi (1740-1747).*

UNO

HÔTEL ROXTON, RUE SAINT HONORÉ, PARIGI, 1746, INIZIO NOVEMBRE

IL FLORIDO e autoritario portiere dell'Hôtel Roxton barcollò all'indietro e si inchinò così profondamente che avrebbe toccato le ginocchia con il naso se non ci si fosse messa di mezzo la pancia. Intravvide un paio di lucidi stivali di cuoio, il luccichio del fodero della spada tra le morbide pieghe della *roquelaure* nera dalle molte mantelline, mentre il nobiluomo attraversava le piastrelle bianche e nere del cavernoso foyer.

«*Monsieur le Duc*! Che-che pia-piacere avervi a casa!» balbettò raddrizzandosi. «Non vi aspettavamo! Che sorpresa!»

«Era quella l'intenzione, Christoph» rispose il duca di Roxton. «*Sorprendervi*, ehm, tutti.»

Il portiere fece schioccare le dita e due servitori in livrea chiusero il pesante portone. Altri due si fecero avanti e tolsero al loro nobile padrone il tricorno, il mantello invernale e la spada. E quando Roxton si tolse i guanti di pelle nera e allungò la mano, un servitore si precipitò a prenderli.

Avrebbe continuato verso il grande scalone ma un basso rombo sopra la sua testa lo fermò. Non era il tuono. Era il suo esercito di servitori dal piede leggero che entrava in azione. Il suono non mancava mai di dargli un senso di benessere e provocò un lieve sorriso di soddisfazione. Non dubitava che fosse la sua carrozza vuota che entrava dal cancello principale che aveva avvertito i domestici del suo arrivo.

Aveva chiesto al suo cocchiere di farlo scendere ai giardini delle Tuileries e gli aveva chiesto di aspettare venti minuti prima di continuare senza di lui e girare intorno fino all'entrata del suo palazzo sulla via Saint Honoré. Nel frattempo, il duca era andato a fare un passeggiata lungo il viale alberato ed era entrato nella sua residenza parigina da un cancello laterale, inserito in un alto muro, che dava accesso ai giardini delle Tuileries dal fondo del suo vasto giardino privato.

Una volta dentro al suo dominio, il duca fece una lenta passeggiata fino al colonnato, attraversò il boschetto di castagni e i giardini ornamentali e passò sotto l'alta arcata che si apriva sul grande cortile interno che dava sulla strada. Arrivato al portone lo trovò chiuso e sbarrato contro le intrusioni. Ne fu compiaciuto. Usò il pesante batacchio d'argento per annunciare il suo arrivo.

Durante la passeggiata era stato fermato in non meno di quattro occasioni. Dalle guardie stazionate al cancello laterale e poi da due dei loro colleghi, parte di un piccolo esercito che, giorno e notte, pattugliava il perimetro interno dell'intera proprietà, perfino uno degli spazzini che si occupava dei sentieri di ghiaia che attraversavano i giardini ornamentali lo aveva audacemente intercettato. Finalmente arrivato sotto il colonnato, il suo capo giardiniere si era allontanato da un gruppo di uomini con le teste chine su una serie di disegni allargati su un tavolo sostenuto da cavalletti e gli aveva chiesto di dichiarare qual era lo scopo della sua visita. Come con le guardie e lo spazzino, era bastato che il duca sollevasse la testa in modo che il suo volto non fosse oscurato dal tricorno per farsi riconoscere. Era gratificante vedere come ognuno dei suoi servitori si dimostrasse allarmato prima di abbassare immediatamente gli occhi e inchinarsi rispettosamente.

Il duca aveva passato qualche minuto con il capo giardiniere, esaminando i disegni della serra per le rose che voleva far costruire entro i confini dell'orto, gli stessi che stavano controllando gli uomini. Lieto dei progressi fatti, li aveva lasciati, prendendo un appunto mentale di elogiare il suo sovraintendente per lo stato di allerta evidente di tutto il personale. Per nessun motivo era permesso mettere piede oltre i cancelli a chiunque non fosse personalmente conosciuto dai familiari prossimi di *Monsieur le Duc* o non avesse uno scopo conosciuto e confermato dal sovraintendente per essere all'Hôtel. La sicurezza e il benessere della duchessa e della piccola signoria erano di importanza fondamentale. Non importava che il duca e la sua famiglia al momento risiedessero nel piccolo villaggio di Versailles, gli ordini dovevano comunque essere rispettati. In quel modo, man mano che il tempo passava, quel comportamento sarebbe diventato una seconda natura, non solo per quelli al suo impiego, ma anche per i membri della sua estesa famiglia.

Pensava principalmente a sua sorella Estée, alle sue regolari *levées* a porte aperte e alle sue *soirées* per la società parigina. Negli anni era diventata una rinomata padrona di casa per i membri dell'aristocrazia che disdegnavano i salotti letterari, troppo intellettuali per loro e di cui trovavano noiosi gli argomenti. Sapeva che i suoi eventi erano occasioni per scambiare pettegolezzi sulla società, più che altro riguardo agli avvenimenti di corte, reali o immaginari che fossero. Che lui fosse un amico intimo di Sua Maestà e che Estée si rifiutasse con condiscendenza di discutere questa amicizia con i suoi pari, era un motivo sufficiente per loro per credere che anche lei godesse delle confidenze del re. Non era così. Roxton non le diceva niente e lei sapeva di non dover chiedere.

E mentre in passato aveva prestato pochissima attenzione al suo salotto o ai suoi frequentatori, ora che era sposato era molto più circospetto riguardo a chi visitava la sua casa e le persone che frequentava. Un visitatore in particolare, un cugino dal loro lato materno, era diventato ospite fisso nel suo salotto. A detta di tutti, il cavaliere Montbelliard era un giovanotto inoffensivo. Ma era l'erede del *Comte de Salvan*, in disgrazia e nemico giurato di Roxton, e avrebbe dovuto essere sufficiente perché Estée lo tenesse a distanza. Non era quello che aveva fatto. In effetti, il duca aveva appreso di recente che si era unita al coro dei loro cugini Salvan che avevano presentato una petizione al re per conto di Montbelliard perché il giovanotto fosse ricevuto a corte.

Ma il salotto di sua sorella e il cavaliere non erano il motivo per cui si era deciso a lasciare la sua duchessa e a tornare a Parigi per un giorno.

Estée aveva scritto che c'era una questione di importanza vitale, che avrebbe avuto conseguenze disastrose per la famiglia se lui non se ne fosse occupato subito. Non aveva osato mettere nero su bianco di quale questione si trattasse per paura che la lettera finisse nelle mani sbagliate. La sua paura era in sé un avvertimento e non aveva scritto direttamente a lui, ma ne aveva parlato in una lettera a suo marito. Questo gli diceva che sua sorella aveva motivo di credere che la sua corrispondenza fosse aperta e letta da *Monsieur de Marville*, il tenente generale della polizia parigina.

Non era una sorpresa per il duca. Era un segreto di Pulcinella che la corrispondenza dell'aristocrazia francese che risiedeva a Parigi fosse aperta e letta dalla polizia parigina. Era l'unico modo che aveva Louis per avere un'indicazione certa di che cosa stavano pensando e macchinando i suoi nobili. Ma Roxton non faceva parte dell'aristocrazia francese e se Louis voleva sapere che cosa pensava glielo chiedeva direttamente. No. C'era qualcos'altro, o qualcun altro, in gioco. Presumeva che sua sorella sapesse più di quanto aveva fatto trasparire nella sua lettera, quindi non aveva perso tempo ed era tornato a Parigi subito il giorno dopo.

Ma una volta tornato nell'ambiente opulento del suo Hôtel si prese tutto il tempo per salire le scale fino all'appartamento che sua sorella divideva con il marito. Aveva bisogno di un momento per farsi forza e affrontare un colloquio che sapeva per esperienza sarebbe finito con Estée isterica e lui al limite della propria tolleranza. Non nutriva grandi speranze che la nausea mattutina avesse messo un freno all'emotività di Estée. Aveva appena messo un piede oltre la soglia del *boudoir* di sua sorella quando capì che era chiedere troppo.

La trovò prostrata tra i morbidi cuscini di seta della sua *chaise longue* dorata, *en déshabillé*. Aveva un braccio sopra la fronte liscia e stretto in mano un fazzoletto bordato di pizzo. Il volto era nascosto dai volant di pizzo delle *engageantes* ai gomiti, ma dubitava che stesse dormendo. Tuttavia, quando la sua cameriera sibilò nervosamente che *Monsieur le Duc* era arrivato e sua sorella non si mise seduta, preferì concederle il beneficio del dubbio invece di pensare che fosse maleducazione.

«Hai detto che si trattava di vita e, ehm, di morte» disse con la sua voce morbida e lievemente sinistra, fissandola attraverso l'occhialino. «E quindi sono qui.»

DUE

Dietro il velo dei volant di pizzo, Estée Vallentine spalancò gli occhi. Non si era aspettata suo fratello, ma suo marito. L'avevano informata appena la carrozza del duca era passata dai cancelli. Le sue cameriere si erano precipitate a dirglielo, con gli occhi altrettanto spalancati, senza fiato e nervose perché il duca era venuto a casa! Ma Estée non le aveva credute. Non l'avrebbero imbrogliata una seconda volta.

Avevano già dimenticato che cos'era successo solo una settimana prima, quando la carrozza del duca era arrivata al portone e tutti i servitori si erano fatti prendere dal panico? L'avevano svegliata con la notizia e lei si era affrettata ad alzarsi, aveva indossato in fretta una banyan di seta, si era fatta truccare al suo tavolo da toletta e poi si era sdraiata sulla *chaise longue*, con un'espressione sofferente, aspettando la visita di suo fratello.

Ma in quell'occasione non c'era suo fratello nella carrozza, ma quel barbaro del suo valletto!

Ecco perché questa volta aveva riso quando le avevano detto che il duca era arrivato a casa. E dopo la lettera che aveva mandato a suo marito, si era aspettata che fosse lui a tornare da

Versailles, preoccupato per la sua salute. Dopotutto era suo il figlio che aveva in grembo ed era per colpa sua che stava soffrendo per il peggior caso di nausea mattutina che avesse avuto una donna incinta nella storia delle donne incinte.

In ogni caso, fratello o marito, non aveva importanza. Entrambi meritavano di sapere quanto stesse male e quanto fosse stata trascurata. Quindi aveva interrotto la colazione e si era sistemata sulla *chaise longue*, con un braccio sulla fronte, gli occhi chiusi, e un'espressione sofferente dietro il pizzo delle *engageantes*.

Dopo il saluto, non c'era da sbagliarsi sulla lenta parlata di suo fratello. E anche se era amaramente delusa che non fosse stato suo marito ad accorrere al suo fianco, in segreto era compiaciuta che il duca avesse lasciato la villa per farle visita. Senza dubbio per via dell'avvertimento implicito nella lettera che aveva inviato a suo marito. Non le impedì di imbronciarsi e sfruttare la sua condizione, anche se sapeva che il duca non si sarebbe fatto ingannare nemmeno per un istante dalla sua recita.

«Sto morendo, Roxton, e non importa a nessuno» annunciò con aria cupa, senza nemmeno tentare di mettersi seduta per salutarlo. Fece un lungo respiro tremante. «Mio marito mi ha abbandonata. La mia famiglia se n'è andata, lasciandomi a vagare per questo posto vuoto da sola, con i servitori a cui non interessa minimamente se vivo o muoio. Oh perché, perché mi avete fatto sposare un uomo con i sentimenti di un-un… Senza sentimenti! Sto così male che riesco a malapena a parlare!»

Il duca non la contraddisse. «Lo vedo» rispose ironico, guardandosi attorno per cercare un posto dove sedersi. «Ma forse vi sentireste meglio se finiste la vostra splendida colazione. In particolare quel delizioso croissant mezzo mangiato, inoltre la cioccolata non sarà altrettanto piacevole bevuta fredda.»

Il suo sguardo ironico attraverso l'occhialino era diretto verso il tavolino, coperto fino all'inverosimile da vassoi d'argento e piatti di porcellana con un fine assortimento di pasticcini, affettati e frutta fresca, oltre alla cioccolatiera con il monogramma e una tazza di cioccolata calda.

Estée Vallentine fece il broncio e si sforzò di sedersi. Si tirò sulle spalle la diafana banyan e indicò alla sua cameriera di venire avanti e ritirare l'armamentario femminile di campioni di tessuto, spolette di grossi nastri di satin e parecchi altri articoli di abbigliamento ammucchiati in fondo alla *chaise longue*.

«Avete fatto colazione?» gli chiese in tono più conciliatorio.

«Sì, ma un caffè sarebbe gradito.»

«Caffè per *Monsieur le Duc*» ordinò Estée alla sua cameriera che ora aveva le braccia cariche. «E dite a Jeanne che non vogliamo essere disturbati, tranne che per il caffè.»

Roxton prese cautamente per la frangia uno dei cuscini di seta e lo lasciò cadere sul tappeto. Allargando le falde della giacca di velluto si appollaiò in fondo alla *chaise longue* e guardò sua sorella. «Fate un torto a vostro marito. Resta con noi perché voi gli avete detto di andarsene e, ehm, restare lontano.»

«Sì, ma non pensavo che lo facesse.»

«Allora non lo conoscete bene come pensate. Lucian fa quello che gli si dice. E questo è ciò che gli avete detto.»

Estée storse la bella bocca. «A volte... no! Non a volte, la *maggior parte delle volte*, penso che ami più *voi* di *me*.»

Il duca fece spallucce. «È possibile. Ma potete trarre conforto dal fatto di essere l'unica donna che ama. Posso passarvi il piatto? Vi sentirete meglio se mangerete. O così consiglia il vostro medico.»

Estée si mise più diritta, inorridita. «Mi spia per vostro conto?»

«No. Mi informa sullo stato di salute di mia sorella. Ho la naturale preoccupazione di un fratello riguardo la salute di sua sorella, specialmente nelle sue attuali condizioni. E il vostro medico me ne parla solo quando glielo chiedo.»

«Quanta considerazione da parte sua.»

«È ciò che pensavo anch'io» rispose il duca con nonchalance e le passò un piatto di Sèvres con una pera affettata fine e il croissant mezzo mangiato. Quando Estée esitò, aggiunse gentilmente: «Per favore, *ma chère soeur*, vi sentirete meglio se mangerete».

Estée annuì e la gentilezza poco caratteristica nella voce del duca le fece venire un groppo in gola e la indusse a confessare: «Trovo che la nausea diminuisce se faccio piccoli pasti durante la giornata».

Il duca la guardò separare i delicati strati di pasta e consumare il resto del croissant, sorprendendola con una confessione. «Nostra madre soffriva di nausea quando era incinta di voi.»

«Davvero? *Maman* non me l'ha mai detto.»

«Nemmeno a me. Di recente, ho ricordato quando stava troppo male per alzarsi dal sofà. Allora non lo capivo. Specialmente perché *mon père* era così felice che stesse male, o così pensavo. Lei lo rimproverava per la sua felicità. Ma ripensandoci, non era arrabbiata con lui. Il loro comportamento mi confondeva. Fu allora che mi prese da parte e mi confidò che potevo aspettarmi un fratello o una sorella nell'anno nuovo.»

«Voleva un altro figlio maschio.»

«Non aveva espresso la sua preferenza. Era semplicemente felice di diventare nuovamente padre. Io, d'altro canto, ero molto irritato alla prospettiva di avere un fratello o una sorella e quindi di vedere disturbata la mia vita.»

«Non dubito che non voleste un fratello o una sorella!» rispose Estée con una risatina. «Eravate stato un figlio unico per così tanto tempo che deve essere stato un colpo dover dividere i vostri genitori con qualcun altro, e un *bébé* oltretutto.»

«Sì» rispose serio Roxton. «Non sono un tipo a cui piace condividere.»

«Non è vero!» ribatté con veemenza sua sorella, cambiando completamente atteggiamento. «Siete generosissimo con me e Lucian e viziate Antonia.» Finì le fettine di pera e mise da parte il piatto, guardando il duca di sottecchi. «E se ciò che mi dicono è vero, siete generoso oltre quanto è tollerabile con altri che non sono nemmeno consanguinei. *Tante Philippe* mi ha raccontato il pettegolezzo più sorprendente e voleva che lo confermassi. Non avevo ancora ricevuto la lettera di Lucian, quindi è stato semplice per me negarlo perché non lo sapevo. Ma poi è arrivata la lettera di Lucian ed era scritto nero su bianco. E significa che non posso più ignorarlo e se i nostri parenti Salvan lo chiedono, dovrò confermare che quello che so è vero. Anche così non riesco a credere a ciò che avete fatto! Ci deve essere un'altra spiegazione.»

Il duca fu brusco.

«Fatemi la cortesia di non cercare di tergiversare.»

Estée arricciò il nasino. «Molto bene. Lucian mi ha informato che avete reso un gentiluomo di mezzi quel barbaro, il vostro valletto, *un semplice servitore.*»

«È così.»

«Con mille sterline l'anno, *a vita.*»

«È vero anche quello.»

«E che gli avete messo a disposizione una casa di campagna per un affitto irrisorio.»

«Sì.» Il duca prese la tabacchiera d'oro e smalto dalla tasca del gilè. «Sono sicuro che vostro marito non abbia trascurato il piccolo particolare che oltre al vitalizio e alla casa di campagna c'è anche un'indennità per il vestiario.» Sorrise con le labbra tirate. «Un gentiluomo di mezzi deve anche averne l'aspetto, non siete d'accordo?»

«Un'indennità per il vestiario?» Estée lo guardò a bocca aperta. «È… sono…»

«…sono affari miei, non vostri.»

«È una cosa *intollerabile.*» Estée fece una smorfia sprezzante. «Io non sono certamente d'accordo. E sono affari miei, sono affari della *vostra famiglia.* Quando si verrà a sapere ne soffriremo per-per *l'umiliazione* e lo *scandalo* di un gesto così impetuoso e *grottesco.*»

«Io non sono mai impetuoso. E se gli altri lo riterranno un gesto grottesco, facciano pure.»

«E la *vergogna*?»

«Vi riferite alla moralità o alle maniere di quell'uomo? Entrambe sono impeccabili, ve lo assicuro.»

«Roxton! Non è una cosa da poco!»

Il duca picchiettò il coperchio della tabacchiera. «No, non lo è.»

«Non potete non aver riflettuto su che cosa significa per noi» insistette Estée.

Non aveva prestato attenzione al tono secco del duca e che stesse picchiettando le dita sulla tabacchiera, fatti che, se avesse conosciuto suo fratello almeno la metà di quanto riteneva, erano segni certi che la questione non era aperta alle discussioni. Ma il duca le permise un po' di libertà in quell'occasione per via delle sue delicate condizioni e dopo una presa di tabacco disse con tutta la pazienza che riuscì a trovare: «Se un re francese può elevare una borghese ad amante in carica e farla diventare una nobildonna, allora non ci sono motivi per cui un duca inglese non possa fare del suo valletto un gentiluomo di mezzi indipendenti».

Estée sapeva che si stava riferendo a Jeanne-Antoinette Poisson d'Étiolles, moglie di un finanziere parigino e amante ufficiale del re. Louis aveva innalzato alla nobiltà *Madame d'Étiolles*, come marchesa di Pompadour, ed era stato uno scandalo di proporzioni epiche tra gli aristocratici. La tradizione dettava che il re scegliesse l'amante ufficiale tra i loro ranghi. Era ciò che avevano fatto tutti i re precedenti e lo aveva fatto anche questo Louis con le quattro sorelle de Mailly. Rendeva ancora più incomprensibile che non lo avesse rifatto. Era stata una nomina così contrastata che c'erano stati risentimento, insulti e calunnie nei confronti della neo-marchesa da parte della gente ai cui ranghi era appena assurta.

Se avesse pensato razionalmente, Estée avrebbe capito che era meschino da parte sua sentirsi oltraggiata perché suo fratello aveva scelto di favorire un uomo che gli aveva dato vent'anni di fedele servizio e che conosceva il duca fin da quando erano ragazzi.

Dopotutto, che danno poteva fare? Roxton aveva sempre vissuto come gli faceva più piacere e se aveva scelto di provvedere al suo valletto, allora così era. Non avrebbe assolutamente avuto effetto sulla vita di sua sorella. O così aveva pensato Estée all'inizio, finché le sue zie Salvan, le sorelle di sua madre, membri della vecchia aristocrazia francese, avevano espresso il loro oltraggio, convincendola del contrario.

Chi mai aveva sentito parlare di un lacchè scelto per un tale privilegio? Non loro! Raramente pagavano i servitori a tempo debito e alcuni, se considerati recalcitranti non venivano pagati affatto. Era un privilegio per gli ordini inferiori servire i loro nobili padroni e l'eventuale remunerazione era ritenuta una cosa secondaria. E siccome quel leccapiedi aveva accettato un'offerta così oltraggiosa da parte del suo padrone, si trattava evidentemente di una persona mercenaria cui interessava più il vantaggio pecuniario dell'onore fattogli diventando il valletto di un duca. La linea di condotta più onorevole sarebbe stato rifiutare e aspettarsi un piccolo lascito alla morte del suo padrone. Era la cosa giusta da fare in quella situazione. Qualunque altra cosa puzzava di borghesia. Questo servitore era un personaggio volgare come quella pescivendola della puttana di Sua Maestà.

Le vecchie zie si preoccupavano per la salute mentale di *Monsieur le Duc de Roxton*. Fare del suo valletto un gentiluomo di mezzi indipendenti non era solamente inconcepibile, era una follia. Che pulce era entrata nell'orecchio di suo fratello?

Piangente, Estée raccontò tutta la storia al fratello dalla faccia impassibile. Di come la delegazione delle vecchie zie fosse venuta a trovarla e le avesse detto dei sussurri che stavano circolando nei salotti delle loro amiche e parenti, nelle alcove dei club e perfino nei bordelli di alta classe frequentati dai nobili, sullo sbalorditivo e frivolo capriccio di *Monsieur le Duc* nei confronti del suo servitore. Le vecchie zie dicevano che la famiglia aveva patito abbastanza umiliazioni quando il capo, il *Comte de Salvan*, era stato bandito e per mano di *Monsieur le Duc de Roxton*. E adesso quest'ultimo strano comportamento del loro nipote faceva mettere in dubbio l'adeguatezza della stirpe dei Salvan. Che forse la famiglia era maledetta. Chi avrebbe voluto allearsi con loro e sposare uno dei loro figli o figlie quando uno dei nipoti era stato bandito dalla corte e l'altro sprecava la sua ricchezza per un servo? Era un'umiliazione dopo l'altra.

E dopo l'interrogatorio subito da *Tante Philippe*, la più formidabile delle vecchie zie, Estée era stata così esausta che era rimasta a letto per giorni! Si chiedeva se il bambino avrebbe sofferto per quella mestizia. E questo nonostante le zie la rassicurassero che non era colpa sua e che non erano arrabbiate con lei. Sapevano esattamente chi era da biasimare e qual era la pulce che era entrata nell'orecchio del loro nipote perché mettesse in atto una simile stoltezza. Era la stessa pulce che aveva infettato l'altro nipote, il *Comte de Salvan*, spingendolo a comportarsi come un folle.

E quando le dissero il nome della pulce, Estée non ne fu per niente sorpresa. Era l'unica spiegazione plausibile. E adesso stava ripetendo le loro accuse, lanciandole al duca con tutto l'altezzoso disprezzo degno del suo antico e aristocratico sangue Salvan.

«Non avreste mai pensato a una cosa così assurda prima del vostro matrimonio. E quel barbaro sarebbe ancora il vostro valletto e al suo posto e noi e i nostri parenti Salvan non saremmo adesso considerati dei babbei, se non fosse per lei! Questa-questa *catastrofe* è tutta colpa di Antonia!»

TRE

La solita reazione del duca ai petulanti e lacrimosi sfoghi di sua sorella era di stringere le labbra e rimanere impassibile e poi aspettare uno dei due esiti: emotivamente esausta e senza più lacrime, Estée sarebbe rinsavita ma continuando a essere imbronciata, oppure si sarebbe buttata sui cuscini, non più in grado di sostenere una conversazione razionale. In un modo o nell'altro il duca avrebbe ottenuto ciò che voleva: il suo silenzio. Gli avrebbe permesso di emanare le sue direttive e poi andarsene il più presto possibile, spesso accompagnato dai singhiozzi di Estée e dai mormorii di conforto delle sue donne. Era così che andava tra fratello e sorella da quando aveva ereditato il titolo, quasi vent'anni prima.

Questa volta la sua reazione fu diversa. Il motivo per cui fu diversa era un commento che aveva fatto la sua duchessa la sera prima, quando l'aveva informata che avrebbe dovuto tornare a Parigi per un giorno per occuparsi a malincuore di una faccenda che riguardava sua sorella e le vecchie zie. Il duca le aveva detto che avrebbe fatto il possibile per essere particolarmente sensibile ai bisogni di Estée, vista la sua gravidanza e la nausea mattutina, ma che non sperava di poter evitare una scena melodrammatica, piena di lacrime e accuse di maltrattamento.

Antonia gli aveva fatto notare che non la sorprendeva che quella fosse la reazione di Estée e non avrebbe dovuto essere stupito nemmeno lui perché sua sorella era stata cresciuta in una casa di lacrime.

Il duca era rimasto perplesso. «Una casa di lacrime, *ma vie*?»

«L'Hôtel, quando vostra madre e vostra sorella vivevano lì da sole, senza di voi» aveva spiegato Antonia come se fosse evidente. E poi quando lui aveva continuato a non capire, aveva aggiunto, come se fosse palese: «Ma dev'essere stata una casa di lacrime, *Monseigneur*. Vostro padre era morto all'improvviso, lasciando una giovane vedova con un ragazzino e una bebè. E poi, solo qualche mese più tardi, vostro nonno aveva allontanato a forza dalle sue cure voi, l'unico figlio e ora capo della famiglia, e non siete più stato visto per molti anni. Quindi vostra madre aveva sofferto un nuovo lutto per la vostra perdita.

«Vostra sorella allora era solo *une bébé*, quindi non ha mai conosciuto suo padre e anche se le avevano detto che aveva un fratello, voi non siete entrato nella sua vita finché è diventata una ragazza, quindi eravate più come un fantasma. Non ha mai vissuto un periodo in cui sua madre era felice. Vostra madre è rimasta in lutto per il resto della sua vita, sempre triste e sempre vicina alle lacrime. Le sue donne e i servitori sicuramente erano influenzati dalla sua tristezza. Quindi come poteva l'Hôtel essere una casa felice, quando era una casa di lacrime? Qualunque bambino, tutti i bambini, meritano di essere circondati dalla felicità e dalla luce. Ma a Estée non è stato concesso e quindi reagisce nell'unico modo che conosce, con le lacrime».

Quando negli occhi del duca era apparso un lampo di comprensione, Antonia gli aveva baciato la guancia, aggiungendo con un sorriso radioso: «Ma adesso noi abbiamo Julian e Lucian ed Estée avranno presto il loro bebè e la casa di lacrime deve diventare per tutti un lontano ricordo, *oui*? L'Hôtel dev'essere una casa felice per i nostri figli e per tutti noi. È così che dobbiamo renderla.».

Il duca era d'accordo. Ripensando all'acuta osservazione di Antonia durante il viaggio in carrozza verso Parigi, aveva pensato che era vero in ogni particolare. Quindi, quando sua sorella era scoppiata in lacrime dopo avergli lanciato con aria cupa le sue accuse sulla duchessa, invece di emanare i suoi ordini e prendere congedo, frenò la lingua e restò seduto sulla *chaise longue.*

Sospirando mentalmente, aveva offerto a Estée il suo fazzoletto bianco di lino, dicendo gentilmente: «Asciugatevi gli occhi, *ma chère soeur* e parleremo... Ah! Ecco il caffè».

Una delle donne di Estée Vallentine era entrata in punta di piedi nella stanza portando nelle mani tremanti un vassoio con il necessario per il caffè. Il duca le indicò di appoggiarlo sul basso tavolino e prendere congedo. Lo avrebbe preparato lui stesso. Senza nemmeno dare un'occhiata alla sua padrona, la cameriera era scappata, lasciando i fratelli da soli in un *boudoir* insolitamente silenzioso.

Il duca aveva preparato il caffè per entrambi mentre Estée si asciugava delicatamente gli occhi e il volto, poi, dopo il suo sfogo, si era seduta con il fazzoletto appallottolato in grembo guardando inquieta suo fratello. Ma quando lui le porse la tazza di porcellana con il caffè fatto nel modo che lei preferiva e si sedette a sorseggiare il proprio in silenzio, Estée si rilassò. Il duca aspettò finché vide la tensione lasciare le spalle della sorella e spiegò, appoggiando la tazza sul suo piattino: «Avete ragione su tre punti. Primo: la duchessa mi ha aperto gli occhi sull'effetto che hanno avuto le circostanze straordinarie della mia educazione sul mio modo, come posso definirlo? Sì!, *unico* di vedere la vita. Secondo: se non avessi sposato Antonia, senza dubbio Martin avrebbe continuato a rivestire il suo ruolo di valletto finché uno di noi non fosse tornato al creatore.» Sorrise in modo autoironico. «Sembra che nessuno dei due possa fare a meno dell'altro… E, terzo, è a causa di Antonia che Martin non è più un servitore ma un gentiluomo di mezzi indipendenti. Ma…»

«*Sapevo* che doveva essere una sua idea!»

«*Ma*» ripeté il duca, «non è la catastrofe che temete, qualunque cosa abbiano cercato di farvi entrare in testa le nostre vecchie zie.»

Estée fece il broncio alla menzione delle loro zie.

«Non so perché non riusciate a capire che è una catastrofe» si lamentò Estée, «quando questo suo capriccio vi costerà quasi quarantamila sterline. E questo se sarete abbastanza sfortunato che lui abbia la fortuna di non essere colpito da qualche malattia prima di raggiungere la vecchiaia!»

Il duca ridacchiò.

«Che cosa non rimuginate voi e le nostre zie sopra una cioccolatiera. O dovrei forse definirla un calderone…? Se Martin dovesse vivere ben oltre i settant'anni, il totale si avvicinerà più ai cinquantamila, se si tiene conto della casa messa a sua disposizione e l'indennità per il vestiario.»

«*Mon Dieu*» mormorò Estée mentre appoggiava la tazza sul piattino. «Pensate quale uso migliore potreste fare di quella fortuna e la state sprecando per un servo.»

«Non dubito che quella sia stata esattamente la reazione delle nostre avide zie» ribatté Roxton. Aggrottò la fronte e sospirò brevemente. «Non mi sorprende la loro reazione, ma mi delude che *voi* ripetiate pappagallescamente le loro affermazioni.»

Il suo sguardo si posò per un momento sulla stanza sfarzosa, con la tappezzeria di seta a fiori, mobili dorati e rivestiti di velluto, tappeti folti e i cento e uno costosi ninnoli femminili di porcellana e cristallo, nonché i tessuti lussuosi che sua sorella considerava necessari per la sua comodità, nessuno dei quali rispecchiava il gusto del duca e che facevano sembrare lo spazio ingombro in modo nauseante.

Aggiunse, in un tono un po' ironico: «Se avete una sincera lamentela sullo stile e il livello di comodità che spreco per voi, allora questa è la vostra occasione di rimarcare la vostra insoddisfazione e chiedere un aumento del vostro vitalizio».

«Sprecate?» Estée sbatté gli occhi, stupita e si sedette eretta. «Paragonate me, *vostra sorella*, che non discende solo dalla nobiltà inglese, ma anche dalla *noblesse d'épée,* la nobiltà di spada francese, al vostro *valletto*, un-un semplice lacchè che...»

«Avete mai calcolato quanto spendo annualmente per i vostri bisogni e desideri?»

«Perché dovrei fare una cosa così inutile?» chiese sconcertata Estée. «Sono spese necessarie se vogliamo vivere come richiede il nostro nobile sangue. Fare di meno sarebbe un disonore per il nostro nome e i nostri antenati. E sarebbe un disonore per voi, non solo come capo della nostra famiglia, ma come il duca più potente d'Inghilterra, se mi presentassi al mondo meno di come faccio. Sono vostra sorella, *enfin*.»

Roxton inclinò la testa, accettandolo.

«Eppure sospetto che la maggior parte dei nostri nobili confratelli da questa parte della Manica non abbia mai calcolato le spese cui vanno incontro per rendere giustizia al loro nobile lignaggio. Vivono ben oltre i loro mezzi, vantando un tenore di vita che non si possono permettere, ma che pretendono l'uno dall'altro. E continueranno con questa pretesa fino al loro ultimo respiro, senza minimamente pensare a ripagare i loro consistenti debiti, lasciando quel fardello ai loro figli e ai figli dei loro figli.»

«Che quadro miserabile dipingete dei vostri amici e parenti francesi!» Estée lo guardò veramente sconcertata, di colpo allarmata. «State cercando di dirmi che devo fare economia?»

Il duca scoppiò involontariamente in una risata.

«Dio non voglia che un qualunque membro della mia famiglia debba serrare i cordoni della borsa!» disse ironicamente. «Non temete» aggiunse con un sorriso altezzoso. «Sono più ricco oggi di quanto lo fossi ieri. I miei figli non erediteranno debiti, al contrario avranno una fortuna considerevolmente più vasta di quella che ho ereditato alla morte del quarto duca.»

Estée sospirò di sollievo. «Sono lieta di sentirvelo dire.» Fece un verso poco signorile e aggiunse: «Ma per favore, non prendete l'abitudine di regalare le vostre ricchezze ai servi, altrimenti la tendenza potrebbe invertirsi!»

«Povero me... Le vecchie zie hanno dato l'assedio il vostro buon cuore, vero?» disse il duca con un sopracciglio inarcato per la disapprovazione. «Sappiate che se vivrete ottant'anni, la vostra sola indennità di vestiario sarà costata ai miei forzieri più di centomila sterline.»

Estée non riuscì a nascondere la sua sorpresa, spalancando gli occhi azzurri, ma cercò di dissimularla, alzando il nasino come se per lei non fosse una novità. «La mia indennità per i vestiti è di misere duemila sterline all'anno.»

«Fate i conti, Estée.»

«Mi rifiuto! Sarebbe volgare.»

Il duca sostenne il suo sguardo senza sorridere. «Come discutere della mia ricchezza con le nostre vecchie zie.»

Il viso rosso per l'imbarazzo perché non poteva negarlo, Estée fece del suo meglio per farsi perdonare, mettendo una mano sul risvolto di velluto della manica del fratello.

«Sapete quanto vi sono, vi siamo eternamente grati per tutto ciò che fate per me e Lucian. Non lo ignoro come supponete. So che non potremmo vivere come facciamo senza la vostra generosità. Ma, Roxton, sono vostra *sorella*, e Lucian è vostro cognato; siamo la vostra *famiglia*. Perfino le sorelle di nostra madre sono di famiglia e meritano la vostra considerazione prima di quel barbaro. Non ha una goccia del nostro nobile sangue, né può vantare un lignaggio degno di vostro...»

«Si chiama Martin Ellicott e farete a lui e a me la cortesia di chiamarlo con il suo nome: Martin o Ellicott, uno o l'altro basteranno, anche se...» Roxton alzò un lungo dito e rifletté per un momento. «Penso che sia meglio che chiediate a lui ciò che preferisce, la prossima volta in cui sarà seduto davanti a voi…»

«*Seduto?*» Era inorridita. «*In mia presenza?*»

«… come sarà, a tavola, visto che ora fa parte della *mia* famiglia e questo gli dà il diritto di vivere sotto il mio tetto, mangiare alla mia tavola e godere della mia compagnia, ogni volta che piacerà *a lui*. E si siederà dovunque voglia. Voi e le sorelle di nostra madre tratterete con il rispetto che merita l'amico più fidato di *Monsieur le Duc de Roxton*, altrimenti ci saranno… ehm… conseguenze.»

Estée lo guardò con la bocca aperta e osò sbuffare la sua incredulità.

«*Conseguenze?* Buttar via una fortuna per un servo è già abbastanza oltraggioso, ma renderlo parte della famiglia…»

«È ciò che ho fatto.»

«Verrà visto come un affronto alla nostra dignità da-da… oh! Da *tutti*!»

«Non mi interessa minimamente come *tutti* vedranno questa questione. Tutto ciò che richiedo è una silenziosa accettazione.»

«Lo state facendo solo perché lo desidera Antonia!»

«Lo desideriamo entrambi.»

Estée lo guardò con diffidenza e lisciò l'abito di satin senza che ce ne fosse bisogno. «E se non mi sentissi *incline* a permettergli di sedere in mia presenza, o non volessi scoprire che nome preferisce…?»

Il duca le rivolse il suo sorriso sghembo. «Ah, pensavo che aveste la mente più pronta. Ma lasciate che ve lo spieghi attentamente, nel caso in cui la gravidanza vi stia annebbiando il cervello. Non sto facendo una richiesta, sto dando un ordine. Mi aspetto che vi comportiate in un determinato modo. E se non lo farete…?» Il duca fece una smorfia. «Detesterei vedervi indossare un abito della passata stagione all'Opera e ai piccoli ricevimenti dei vostri amici, specialmente nelle vostre condizioni.»

Estée tirò forte il fiato, mortificata. «Voi… voi limitereste la mia indennità e tutto perché ritengo inappropriato per una persona del mio lignaggio condividere il pasto con una persona senza lignaggio alcuno…»

«Non è contagioso, Estée.»

«Potrebbe anche esserlo se vogliamo mantenere la nostra nobiltà! E quando la società saprà che spezzo il pane con una persona che dovrebbe essere al piano di sotto, a farlo il pane? Sarò lo zimbello di Parigi! E la nostra famiglia sarà bersaglio di battute crudeli!» Si asciugò gli occhi umidi e tirò su col naso. «Non potete costringermi! *Voi* potete sopportare quelle frecciate, nessuno oserà dirvi una parola e a voi non interessa l'opinione della gente, ma io non posso. E a me importa ciò che dicono di me e della nostra famiglia, *mi importa moltissimo.* E nelle mie delicate condizioni temo di non avere la forza di sopportare una tale *umiliazione*. Che cosa dirò alle nostre zie? E che cosa penseranno i cugini Salvan? Come farò a guardarli a testa alta se mi farete fare una cosa simile?»

Roxton resistette al desiderio di sbuffare e contò fino a cinque. Si ricordò la casa di lacrime e trattenne la sua irritazione.

«Siete mia sorella e riuscirete a sopportarlo» dichiarò fermamente. «Quando sarete in società tutto ciò che dovrete ricordare è che vostro fratello è il nobiluomo più ricco da entrambi i lati della Manica, che portate gioielli veri mentre gli altri li portano falsi, non perché temano i briganti, anche se lo dicono, ma perché i gioielli veri che avevano ereditato dai loro antenati sono stati impegnati molte lune fa. O venduti ai *Fermiers Generaux*, gli esattori delle tasse, per adornare il collo di cigno delle loro amanti di bassa nascita. Comportatevi come avete sempre fatto, alzate le vostre belle spalle e ignorate qualunque cosa troviate sgradevole.» Le rivolse il suo solito sorriso sghembo. «Avete fatto molta pratica in passato, quando vi chiedevano delle mie… ehm, *nefaste* attività. Quanto alle vecchie zie, mi occuperò io delle sorelle di nostra madre.» Perse il sorriso e inarcò le sopracciglia. «Mi deve preoccupare a chi rivolgerà la sua lealtà mia sorella?»

Estée si offese. «Ovviamente no! E non dovrete mai chiedervelo!» Ma non poté fare a meno di lanciargli un'ultima frecciata. «Ellicott deve significare molto per voi.»

«È così, per entrambi noi. Mille sterline l'anno è poco come compenso per una vita di affetto e devozione. Nessuna somma di denaro può comprarli. E nel caso in cui vi preoccupiate che l'appannaggio di Martin possa interferire con lo stile di vita che meritate, lasciate che vi tranquillizzi. Il suo appannaggio non viene dai miei forzieri, ma dall'eredità lasciata ad Antonia da suo nonno.»

«Ma quando vi ha sposato, ciò che era suo è diventato vostro, perché ne faceste quello che volevate.»

Il duca inclinò la testa davanti a quella verità universale. «Eppure non glielo negherei mai. Mi ha chiesto di onorare il suo compleanno usando un terzo dell'eredità di suo nonno per fornire a Martin una vita indipendente. Il resto sarà messo in un fondo a cui Julian potrà accedere al suo ventunesimo compleanno.»

Estée lo guardò a bocca aperta. «Il conte di Strathsay ha lascito ad Antonia centocinquantamila sterline?»

«Allora siete in grado di fare mentalmente i conti! Brava!»

«Non mi meraviglia che Salvan stesse facendo carte false per sposarla! Una simile fortuna avrebbe risolto tutti i suoi problemi finanziari...»

«... e quelli delle nostre vecchie zie e della loro prole» aggiunse il duca in tono di scherno. «Anche se ora non credo che la fortuna del Generale fosse l'unico obiettivo di Salvan quando ha cercato di forzare un'unione con Antonia. Non fraintendetemi. Salvan voleva Antonia e voleva la sua fortuna, e così volevano le nostre zie. Ma i loro occhi erano puntati su un premio maggiore e *quello* Antonia l'ha ereditato da suo padre.»

«Non capisco. Il padre di Antonia era senza un soldo alla sua morte. O almeno è ciò che credevamo.»

«È così.»

«Allora che cosa possedeva che possa valere più di un'eredità di centocinquantamila sterline?»

«Tutto a tempo debito, mia cara.» Il duca le diede un buffetto sulla mano, poi si alzò per sgranchirsi le gambe. «Devo ringraziare voi e Lucian per aver riportato dall'Italia il baule di ciò che possedeva Antonia da bambina. Come sapete, tra quegli effetti c'era il testamento di suo padre che si è dimostrato molto illuminante. In effetti, aveva speso la sua fortuna per fondare un piccolo ospedale per donne indigenti, in particolare quelle nubili con un figlio. Alla sua morte, aveva lasciato tutto ciò che aveva, e la sua casa, per il mantenimento dell'ospedale.»

«*Mon Dieu*! Non provvedere alla sua unica figlia è inconcepibile!»

«Credo che il denaro di per sé non avesse molto valore per lui» disse il duca. «Ed è ciò che ci si aspetterebbe da un medico eccentrico e brillante che aveva dedicato la sua vita a curare i poveri e i disgraziati, ma che era anche un nobile della *noblesse d'épée*.»

«Come sarebbe fiero di sua figlia!» ribatté Estée. «Sembra che Antonia non solo abbia ereditato l'intelligenza e l'eccentricità di suo padre ma anche la sua mancanza di interesse nel mantenere la ricchezza nella famiglia. *Seigneur*! Aveva ignorato i bisogni della figlia, sprecando il poco che aveva su quelle che meno lo meritavano.»

Roxton la sorprese sorridendo.

«Detto come una vera Salvan.» Ma il suo sorriso svanì in fretta come era comparso e sospirò deluso dalla sua mancanza di comprensione. «Non dovrebbe sorprendermi» borbottò. «Se si passa abbastanza tempo con gli avvoltoi si comincia a puzzare di carogna...»

Era un riferimento indiretto all'infanzia di Estée nell'ottenebrante compagnia delle loro infelici zie Salvan e di una madre che era rimasta in un perpetuo stato di lutto. E anche se era disposto a scusare molto del comportamento di sua sorella per via di questa educazione saturnina, quando Estée esagerò, versando olio sulla bassa fiamma della sua tolleranza, osando parlar male della sua duchessa, la sua pazienza finì.

«Mi ritenete dura di cuore, ma ve lo dico nel vostro interesse» dichiarò compita Estée, incoraggiata dalla poco caratteristica benevolenza con la quale il fratello aveva ascoltato le sue lamentele per dire ciò che aveva osato sussurrare solo alle sue zie. «Se non la frenerete, Antonia diventerà ingovernabile. Ha già causato costernazione e disturbo ai piani di sotto con l'inutile aggiunta di una pletora di servitori provinciali. Come le ho detto: una cosa è assumere le *nourrices* di Morvan per nutrire il suo bambino, un'altra è permettere loro di portare le loro famiglie in casa vostra. Va oltre quanto è accettabile. Siete stato cacciato dalla vostra casa per finire in quella villa e tutto per far piacere a lei! E adesso c'è questo suo ultimo capriccio, buttar via la sua eredità per darla a un lacchè.»

Estée sbuffò e continuò, quasi senza riprendere fiato.

«Ci si chiede che eccessi porterà il domani. Voi mi rassicurate di non avere problemi finanziari ma sicuro come il sole che cala la sera, se non metterete un freno alle sue *distribuzioni caritatevoli*, sarà la *vostra* ricchezza che sprecherà. Prima che ve ne rendiate conto…» disse facendo schioccare le dita, «finiremo a dover contare i centesimi come le nostre vecchie zie!»

«Basta così.»

«Mi guardate come se avessi due teste, ma noi, le sorelle di nostra madre e io, siamo tutte d'accordo che viziate troppo vostra moglie…» Quando il duca si avvicinò alla *chaise longue*, si fermò così vicino che Estée dovette ricadere sui cuscini per guardarlo. Ciò che Estée vide riflesso nei suoi occhi scuri le fece mancare il fiato, stupita. «Voi-voi siete arrabbiato con me per aver detto ciò che tutti sappiamo essere la-la *verità*?»

«Quella sciocca dichiarazione non era degna nemmeno di voi» disse il duca con una voce così bassa che Estée dovette allungare le orecchie per sentirlo. Ma non era possibile non capire la sua gelida furia. «Quelli che non conoscono Antonia vogliono credere alle voci diffamatorie che girano nei salotti: che la sua grande bellezza e il suo carattere ottimista vadano di pari passo con un'intelligenza ottusa e svampita. Quegli stessi imbecilli osano ripetere la degradante calunnia che io abbia permesso al desiderio sfrenato per la sua squisita bellezza di ammaliarmi fino a comportarmi in modo sciocco e non abituale. Che ho gettato al vento il mio buon senso, la mia ricchezza e il mio onore e qualsiasi altra cosa riescano a pensare per discreditare il nostro buon nome, e che lo abbia fatto solo per viziare mia moglie? Vogliono vedermi in ginocchio. Ma voi, *mia sorella,* conoscete entrambi meglio di chiunque altro. Quindi che voi *osiate* mettere in dubbio la mia intelligenza, peggio!, che osiate denigrare *lei*, lei che ha portato solo gioia e amore nelle nostre vite, non solo mi offende, ma scredita *voi*. Attenta, Estée: il legame che ci unisce come fratello e sorella non potrebbe essere più teso, e potrebbe spezzarsi adesso!

«Ma vi scuserò e in questa occasione dimenticherò il vostro sciocco discorso bigotto per via della vostra delicata condizione» continuò il duca in tono più pacato. «E poiché è chiaro che siete rimasta da sola in questa casa per troppo tempo, tanto che la vostra mente si è deteriorata, è un bene che abbia portato la carrozza grande per condurvi alla villa. Qualche giorno nell'aria di campagna prima della presentazione di Antonia vi farà tornare il buon senso. Adesso facciamo portare del caffè fresco e discuteremo ciò che non potevate mettere nero su bianco. Vostro marito mi dice…»

Incapace di controllarsi un momento di più, Estée scoppiò in lacrime e si gettò a faccia in giù sui cuscini di seta.

Il duca alzò gli occhi al cielo, strinse i denti e andò alla finestra guardando fuori senza vedere nulla. Le sue rassicurazioni e le buone intenzioni che aveva avuto di non finire con sua sorella in lacrime erano finite in niente.

QUATTRO

I SINGHIOZZI di Estée fecero arrivare le sue donne, che scostarono l'arazzo che faceva da *portière* per precipitarsi nel *boudoir*, con gli occhi ansiosi e sgranati. Si fermarono di colpo, inciampando l'una nell'altra quando videro il duca. Erano sicure che si fosse congedato, come faceva sempre quando la loro padrona scoppiava in lacrime, lasciandole a cercare di farle superare l'isteria. Altrimenti non sarebbero entrate nel *boudoir*. Ma dato che il duca era ancora lì, non sapevano che cosa fare. Fu solo quando lui agitò una mano languida nella loro direzione, invitandole a entrare nella stanza che si scongelarono e cominciarono in fretta il loro lavoro.

Il duca restò accanto alla finestra con le tende aperte, con il profilo aquilino proiettato sullo sfondo e aspettò pazientemente che calmassero sua sorella. E mentre aspettava la vista del cortile interno svanì, sostituita da frammenti di ricordi.

Ricordi che erano stati rinchiusi e sepolti dentro di lui dopo la sua rimozione forzata dalle braccia della madre, rapito dagli agenti del nonno inglese, il quarto duca, quando non aveva ancora nemmeno dodici anni. Non era tornato in Francia per otto anni.

Otto anni che per lui avevano rappresentato una vita. Non aveva avuto contatti con sua madre, senza sapere se fosse viva o morta, e questo Hôtel, che era stato casa sua, dov'era nato e dove aveva passato un'infanzia felice con entrambi i suoi genitori, era diventato un lontano ricordo. Quanto a sua sorella, era stata un bebè quando lo avevano portato via e al suo ritorno era una ragazzina timida che si nascondeva dietro le sottane della sua bambinaia e che aveva paura di lui, un estraneo.

Ed *era* un estraneo, per lei, per sua madre e per se stesso. Aveva lasciato la Francia da ragazzino terrorizzato ed era tornato da arrogante giovanotto di vent'anni, il nobiluomo più ricco d'Inghilterra, un duca, e capo della sua famiglia. Ma non era tornato da figlio e fratello. Ogni legame familiare era stato cancellato a forza o fatto morire per mancanza di nutrimento da parte di suo nonno. Per sopravvivere a quel calvario, aveva volutamente congelato il suo cuore per proteggerlo dal rimpianto e dalle delusioni, temendo che non avrebbe più rivisto sua madre. Poi, dopo una sessione di botte particolarmente brutale per punirlo perché insisteva a parlare la lingua dei suoi antenati francesi, aveva deciso di non avere bisogno di un cuore.

Alla morte del nonno, quando aveva ereditato il titolo, era stato libero di tornare in Francia. Cosa che aveva fatto. Capiva ora che lasciando l'Inghilterra e tornando in Francia, aveva lasciato indietro il suo cuore, dimenticato per così tanto tempo che non sapeva più dove trovarlo e non pensava che gli fosse necessario. Ed essere senza cuore lo aveva aiutato nella riunione di famiglia che, almeno per sua madre, era stata emotivamente straziante come lo era stato il suo rapimento.

Per lui non era più la madre dei suoi ricordi d'infanzia, una creatura amorevole e felice che lo aveva soffocato di baci e coccole e che gli ripeteva sempre che gli voleva bene. Una volta riuniti, riusciva a malapena a guardarlo senza scoppiare in lacrime perché era l'immagine vivente di suo padre, il marito che aveva tragicamente perso. Era vestita di nero dalla testa ai piedi ed era in un perpetuo stato di lutto. Ed essendo tornata alla fede cattolica della sua gioventù, prima del matrimonio, passava le sue giornate in preghiera, circondata dalle suore e dalle anziane parenti vedove. Per lui era persa. E sua sorella era stata mandata all'*Abbaye-aux-Bois*: il convento per le figlie degli aristocratici francesi dove sarebbe rimasta per parecchi anni, quindi anche lei era persa per lui. Da lì, la sua decisione di continuare il suo viaggio verso l'Italia, con Lucian Vallentine.

Non aveva visto l'ora di lasciare l'Hôtel ed era partito con un senso di sollievo misto a rabbia, sollievo perché stava lasciando un'atmosfera di stucchevole pietà, e furia perché suo nonno aveva trionfato. Aveva staccato suo nipote dalla madre francese, lo aveva trasformato nell'epitome dell'altezzoso nobiluomo inglese e, a tutti gli effetti, gli aveva rimosso il cuore pulsante perché ora era sicuramente privo di ogni sentimento naturale. Poteva essere l'immagine di suo padre, ma in ogni altro senso era suo nonno.

Per lunghissimo tempo aveva creduto che fosse la verità. Aveva anche creduto che non ci fosse niente in grado di cambiare la creazione di suo nonno, o così aveva pensato...

E poi Antonia era entrata danzando nella sua vita. Il vortice di amore e luce aveva capovolto il suo mondo ordinato. Antonia gli aveva detto che in effetti non era *senza* cuore, ma che lo aveva semplicemente smarrito e che lei sapeva dove trovarlo. Non solo, ma che lo avrebbe ridato a lui e anche alla sua famiglia.

La fede enfatica e incrollabile che aveva in lui lo aveva lasciato stordito ed era rimasto meravigliato dalla sua *joie de vivre.* E, sorprendentemente, le aveva creduto. Meno male, gli aveva detto Antonia prendendolo in giro, perché il padre le aveva detto che la cosa più importante al mondo era essere amati, stare con la propria famiglia ed essere sinceri con se stessi. Adesso lo credeva anche lui.

Ma mentre lui era pronto a vivere con Antonia secondo queste massime, c'era un'area nella quale restava inequivocabilmente l'erede di suo nonno. Come duca di Roxton, richiedeva e si aspettava lealtà assoluta, da chiunque, a partire dai membri della sua famiglia fino alle sguattere nelle sue cucine. La lealtà era ricompensata con la sua munificenza e la sua protezione. Quelli ritenuti non affidabili e immeritevoli, e questo includeva anche i membri della sua famiglia, venivano scartati senza pietà. Non scendeva a compromessi e non faceva concessioni, fedele a se stesso, pensò con un sorriso ironico.

Quando fu sufficientemente calma per sedersi e asciugarsi gli occhi, Estée annunciò che aveva bisogno di usare la *bourdaloue* di porcellana e, assistita da una delle sue cameriere, sparì dietro il paravento nell'angolo in fondo alla stanza. Quando riapparve si sedette al tavolo da toletta per farsi riapplicare la cipria mentre due delle sue donne legavano nuovamente i nastri tra i suoi capelli neri. Con la banyan in ordine sopra il corpetto e le sottane imbottite, sorseggiò un bicchiere di cordiale, prescrittole dal suo medico per quando si sentiva poco bene. E mentre beveva, con i gomiti appoggiati al tavolo e gli occhi chiusi, una delle sue donne le sventolava il petto, un'altra sistemava i cuscini sulla *chaise longue* e una terza ordinava a due domestiche di sparecchiare.

Le sue donne non dissero una parola, tutto veniva comunicato con un'occhiata e un gesto. Erano tutte esperte e sapevano bene che cosa fare dopo una delle esplosioni emotive della loro padrona. E finché non avesse ripreso il controllo e si fosse sentita bene, avesse aperto gli occhi e parlato per prima, loro avrebbero continuato in silenzio a fare il loro lavoro.

Ciò a cui non erano abituate, e che le innervosiva, era la continua presenza del duca. Le faceva agitare, tanto che una di loro pasticciò con il tappo di uno dei barattoli di cristallo che cadde rumorosamente tra tutto ciò che ingombrava il tavolo da toletta.

A quel rumore improvviso Estée aprì gli occhi e la bocca, ed era sul punto di rimproverare la goffaggine della donna quando colse qualcosa di insolito nello specchio. Fissando la stanza oltre il proprio riflesso vide suo fratello di profilo, che guardava fuori dalla finestra. La scosse talmente che dovette voltare la testa per assicurarsi di non essere stata ingannata dal riflesso.

Non era così. Il duca era ancora lì.

Estée tornò a guardare nello specchio e fissò senza vederlo il proprio riflesso. E anche se la innervosiva il fatto che suo fratello non si fosse congedato quando era scoppiata in lacrime, era lieta che avesse visto di persona ciò che la loro discussione faceva alla sua natura sensibile. Non per la prima volta, né la centesima, si chiese perché ogni volta che discutevano lei andava in pezzi e lui mai. Lei singhiozzava esacerbata e quando era emotivamente esausta, giaceva per ore sulla sua *chaise longue* rimproverandosi di aver permesso al cuore di comandare la testa, certa che suo fratello non l'avesse, un cuore.

Suo marito le diceva che non valeva la pena di rimuginare e agitarsi ancora di più, specialmente quando si trattava di cose che non si potevano mutare. Il suo pianto e la sua preoccupazione non servivano a niente e per quanti bicchieri riempisse o quanti cuscini rovinasse con le sue lacrime, l'irrefutabile verità era che, nonostante i sentimenti feriti, lei doveva la sua lealtà e obbedienza a Roxton. Dopotutto era suo fratello e il capo della famiglia ed era anche un duca, e non solo un duca qualsiasi, ma il primo tra i suoi pari. E questo significava non solo che la sua parola era legge, ma che la sua parola era l'unica che valeva e che avrebbe anche sempre avuto l'ultima parola. Era semplicemente un dato di fatto.

Continuava quindi dicendole che, a meno di voler partire per le Americhe e vivere tra i selvaggi, era meglio fare ciò che le diceva Roxton. Era quello che faceva lui. La vita, in quel modo, era meno complicata ed era piacevole. Non gli interessava discutere con nessuno e certamente non con Roxton. Faceva ciò che gli veniva detto, quando gli veniva detto, ed era tutto. Lui lasciava i pensieri, le ruminazioni e le preoccupazioni a Roxton e avrebbe dovuto farlo anche lei. Oh, e prima di progettare di partire, sarebbe stato meglio che capisse che Roxton l'avrebbe trovata ovunque andasse e l'avrebbe trascinata a casa. Era sicuro che il duca non voleva che sua sorella vivesse tra i selvaggi.

Inoltre, lui non desiderava vivere nel Nuovo Mondo, gli piaceva quello vecchio. E se lo avesse lasciato, lui sarebbe rimasto sconvolto per giorni. *Giorni?* Estée si era immediatamente infuriata e Lucian si era corretto in fretta, dicendo settimane, poi anni ed Estée fu felice e soddisfatta solo quando, dopo averle coperto il volto di baci, infine ammise che non si sarebbe mai ripreso.

Estée desiderava che Lucian fosse lì adesso, per confortarla e baciarla e dirle che era la creatura più bella al mondo.

E anche se non avrebbe voluto altro che restare sdraiata sulla sua *chaise longue* ed essere lasciata ai suoi pensieri, riconobbe che la situazione era singolare. Che suo fratello fosse rimasto dopo uno dei suoi scoppi di lacrime poteva solo significare che aveva altro da dirle. Anche se, quando ci pensò, si rese conto che lei non gli aveva ancora rivelato il pettegolezzo più preoccupante che aveva saputo dalle vecchie zie. E che forse era quello il motivo per cui era rimasto.

Cionondimeno, capì che doveva mettere da parte i propri *sentimenti feriti* e cercare di ricordare che, anche se si trattava di suo fratello, essere la sorella di un duca era fonte di grande orgoglio per lei e le dava un prestigio invidiabile e impareggiabile nella società parigina. E non era solo un duca. Per chiunque, incluso se stesso, lui era innanzitutto e sempre *Monsieur le Duc de Roxton.*

CINQUE

Quando Estée tornò sulla sua *chaise longue*, Roxton lasciò la finestra e tornò da lei. Erano nuovamente soli, le donne erano state congedate ed erano dall'altra parte della *portière.*

Estée osò dargli un'occhiata ma restò schiva, con le mani in grembo. L'unico segno della sua agitazione era che stava giocherellando con le aste del ventaglio.

«Vi sentite meglio dopo il cordiale?» chiese il duca in tono tranquillo. Quando Estée si limitò ad annuire, aggiunse in tono conciliatorio: «Perdonatemi se mi avete ritenuto severo, ma divento piuttosto sensibile quando sento denigrare la mia duchessa».

«Avete diritto alla vostra sensibilità.» Estée sospirò riluttante. «Sono io quella che deve chiedervi scusa. Antonia è la creatura più dolce e più cara al mondo e la migliore sorella che avrei mai potuto desiderare. E voi siete il migliore dei fratelli» aggiunse con la voce sottile, facendo qualche respiro tremante. Alzò di nuovo gli occhi, con le guance che si arrossavano. «Non so che cosa mi abbia preso per mettere in dubbio le vostre decisioni e vi chiedo scusa. Ovviamente siete libero di fare ciò che volete, come lo è Antonia. Sono vostra sorella e farò tutto ciò che sarà necessario per quanto riguarda Ellicott. Mi ci potrà volere un po' di tempo per *adeguarmi* e-e *ricordare* che ora fa parte della famiglia, ma farò del mio meglio.»

«Grazie. È tutto ciò che chiedo.»

Estée annuì e sospirò pesantemente. «Questa orribile gravidanza ha sicuramente scombussolato il *mio* buon senso.»

«Più probabilmente sono state le perfide vecchie zie» borbottò il duca, ancora seccato per aver permesso ai parenti Salvan di irritarlo. «Potrei non averlo detto in modo esauriente» aggiunse in tono colloquiale, «ma permettetemi di farlo ora, perché non ci sia più bisogno di ripeterlo. Antonia in effetti ha una grande influenza sulle mie opinioni e sulle mie azioni. È perché ha sempre in mente il mio interesse e agisce da una posizione di amore incondizionato e fiera lealtà. Inoltre è saggia molto più di quanto sarebbe normale per la sua età.» Il duca sorrise imbarazzato. «Ed è il motivo per cui mi fido di mia moglie più che di tutti gli altri.»

«Non ho mai pensato diversamente» rispose Estée senza esitare. «È la persona che vi sostiene più appassionatamente e vi ama incondizionatamente. Come voi amate lei. Sono veramente felice per voi ma... ma il vostro matrimonio non è tipico nella nostra cerchia. E mi fa preoccupare per voi e per lei, perché vi amate un po' troppo e...»

«... e le calunnie che ci girano intorno mi infliggeranno un dolore più profondo?» la interruppe il duca, per completare la sua frase. «Ma feriranno lei più profondamente.»

«Antonia è priva di colpe e sinceramente spero che non ne soffra» disse Estée a bassa voce, cercando di far capire con calma i suoi pensieri turbolenti. «So che farete tutto il possibile per assicurarvi che sia sempre protetta, ma... Roxton! Abitiamo in un mondo che può essere crudele, vendicativo e inesorabile per coloro che non ne fanno parte da sempre o che osano disturbare l'ordine naturale del nostro modo di vivere. E non escludo i nostri parenti Salvan da quel numero. Avete ragione. Le nostre vecchie zie sono orribili e perfide. Antonia si è guadagnata la loro ira perché la incolpano per l'esilio del cugino Salvan e la perdita delle sue posizioni a corte che hanno causato difficoltà finanziarie alle nostre zie. Si affidavano alla sua generosità per mantenere la loro dignità. Peggio ancora, come risultato del suo ridicolo complotto per sposare Antonia il nome dei Salvan è diventato sinonimo di folle orgoglio, rendendo le nostre vecchie zie non solo figure per cui provare pietà, ma anche oggetto di pettegolezzi, cosa che non possono sopportare. Sono creature molto orgogliose e vane, use a essere al centro della vita di corte e dei suoi intrighi. Sono passati i giorni in cui un Salvan a corte era rispettato, perfino riverito com'era riverito il loro fratello quando era il conte. Per loro è veramente una condizione particolarmente triste.»

«Lo so bene» disse il duca in tono indifferente. «E niente di ciò mi riguarda. Salvan meritava la sua punizione e anche loro, per aver incoraggiato il suo complotto.»

«Ma i cugini Salvan che non erano coinvolti ma che sono stati trascinati nella tempesta del complotto di Salvan, come il cavaliere Montbelliard? Merita anche lui di essere punito? Non ha colpe in tutta la faccenda.»

Roxton pensò alla visita del cavaliere alla villa, che cercava di ottenere un'udienza con la sua duchessa, e in un'altra occasione, quando era entrato senza permesso nella sua biblioteca con un regalo per il compleanno di Antonia, che avrebbe dovuto essere da parte di una delle vecchie zie, anche se il duca aveva i suoi dubbi in merito, come ne aveva riguardo al giovanotto. C'era qualcosa in lui che non quadrava... Distolse la mente dai suoi pensieri e disse seccamente: «Devo ancora decidere in merito al cavaliere, se sia un inconsapevole intrallazzatore, un avversario da temere o un cucciolo sprovveduto».

«Per quanto vale la mia opinione, Montbelliard sembra essere quello che appare: un giovane uomo senza un briciolo di disonestà.»

«Grazie per avermi dato il vostro parere. Ne terrò conto. E se ciò che dite è vero, non mi metterò in mezzo al suo percorso verso la corte e i benefici che diventeranno suoi quando erediterà il titolo.»

«Ma potrebbero volerci anni... *decenni*... prima della morte del cugino Salvan!»

«Sì.»

«Senza il vostro sostegno il cavaliere ha ben poche speranze di essere accettato a corte. *Sa Majesté* certamente non accetterà di riceverlo senza la vostra approvazione.»

«Per il cavaliere è sicuramente una difficoltà.»

Il tono secco della voce le disse di non continuare in quel discorso. Invece, Estée fece un altro respiro profondo e alzò gli occhi dal ventaglio chiuso per sostenere di nuovo lo sguardo del fratello.

«Penserete che batta sempre sullo stesso punto, ma quando sarà di pubblico dominio il fatto che avete osato innalzare un servo su richiesta di Antonia, non solo le nostre vecchie zie si offenderanno, ma lo faranno anche tutti gli altri. Ci sarà uno scandalo...»

«Apprezzo la vostra preoccupazione e potete stare certa che sto facendo tutto ciò che è in mio potere per proteggere Antonia dagli attacchi più sordidi e perfidi che le rivolgeranno. Se qualcuno oserà arrivare al punto di tentare di infangarla pubblicamente, ne renderà immediatamente conto a me.»

«Forse sono inutilmente ansiosa per voi, ma ve lo sto dicendo non solo per il senso del dovere ma perché vi voglio bene, voglio bene a entrambi e questo mi fa preoccupare per voi ma specialmente per lei. Il fatto che sia stata benedetta con un figlio maschio nel primo anno del vostro matrimonio l'ha tenuta occupata e lontana dalla società e non è una brutta cosa. Ma ora che avete intenzione di presentarla a corte, sarà necessario che Antonia lasci la sua gabbia dorata...»

«Gabbia... ehm... dorata?»

Estée giocherellò con le sottane imbottite. «È così che *Tante Philippe* chiama la vostra piccola villa a Versailles.»

«Immagino che Antonia sia il delizioso uccello canterino in quella gabbia!» disse il duca sogghignando. «Quant'è malignamente adatto!»

«Ma... ma non è così lontano dalla verità, non credete? Voi cercate di proteggerla, proprio come si fa con un uccello canterino dagli artigli dei gatti» ribatté sua sorella. «Ma lontano dalla vostra villa e a corte, Antonia non avrà più quella protezione. Voi mi avete tenuta lontana dalla corte perché dicevate che era un nido di vipere e non il posto per una giovane donna virtuosa. Quindi non capisco perché mandereste la vostra duchessa in quello stesso nido. Le vecchie zie pensano che lo stiate facendo come parte di uno schema più grande per vendicarvi di Salvan...»

«Certo che è quello che pensano» la interruppe laconicamente il duca. «Ma non è un gioco e Antonia non è un'ingenua pedina in qualche mio piano. Capisce che per potermi accompagnare alle piccole cene di Louis deve prima superare la prova pubblica di una presentazione a corte. Ed è tutto ciò che la società ha bisogno di sapere.»

«C'è dell'altro che non mi state dicendo.»

«Sì. Basti dire che Antonia sa benissimo che un annuncio molto pubblico è necessario per la continua felicità della nostra famiglia.»

«È la natura pubblica della sua presentazione che mi preoccupa. Naturalmente nessuno oserebbe alzare un dito sulla vostra duchessa. Ma c'è un pericolo di diversa natura, quello che a volte nasce dal pubblico ludibrio. E tutti sanno che Sua Maestà detesta essere messo in imbarazzo in qualunque modo. Quindi, se qualcuno creasse una scenata con lo scopo di mettere in imbarazzo

Antonia, sarebbe un motivo perché Louis bandisca chiunque lo faccia, giusto?»

Il duca inarcò un sopracciglio, interessato. «Senza dubbio. Mi vedete perplesso, quindi non esitate a continuare.»

Estée si permise di sbuffare, e le parole le uscirono di bocca prima che avesse il tempo di riflettere. «Ci devono essere tantissime persone che vi vogliono male per via delle vostre scellerate azioni prima del matrimonio.»

«E che cosa ne sa la mia virtuosa sorella?»

«Non ne so niente! Né mi interessano.» Ma quando il duca sorrise divertito davanti a questa veemente smentita, Estée ribatté rigidamente: «Non potete ritenermi così ingenua, vero? Dopo tutti gli anni che avete passato a vivere come vi faceva piacere, senza curarvi delle conseguenze? Dovete aspettarvi di aver fornito una sovrabbondanza di pettegolezzi che continuano a circolare nei salotti anche oggi. Come avrei potuto non sentirli? Non potevo certo tenere le mani sulle orecchie per tutto il tempo durante le mie visite alle amiche e parenti!»

«I salotti devono essere veramente noiosi se rivivere la mia storia turbolenta fornisce l'intrattenimento della serata.»

«Semmai, il tempo ha cementato la vostra reputazione. E mentre la maggior parte dei protagonisti è fin troppo lieta di raccontare quelle avventure perché dà loro la possibilità di vantare la parte che hanno recitato, per piccola che fosse, c'è una tra le vostre... uhm... precedenti...»

«Amanti, ditelo.»

Estée alzò la mano paffuta, irritata e imbarazzata, con parecchi braccialetti di perle lattee che scivolavano lungo il polso. «Molto bene, una delle vostre precedenti *amanti* non è stata d'accordo, trovando che quei racconti sono il penoso promemoria di essere stata crudelmente abbandonata quando vi siete sposato.»

«Abbandonata? Le regole di quei rapporti sono ben conosciute e le relazioni seguono quelle regole. Non si può gettar via ciò che non si possiede.»

«Può essere vero. Non ho la minima idea di quali siano quelle regole» rispose compunta Estée. «Ciò che so è che le vecchie zie mi hanno avvertita che avete un'amante scontenta che ha intenzione di vendicarsi su di voi pubblicamente, umiliando la vostra duchessa durante la sua presentazione. Spero di non aver esitato questa volta.»

«È stato il loro preciso avvertimento?»

«Sì. *Tante Philippe* me l'ha ripetuto *due volte.*»

Gli occhi neri del duca scintillarono. Una cosa era affrontare lui personalmente coloro che cercavano una rappresaglia per le sue passate trasgressioni, ma altro era coinvolgere sua moglie in quella vendetta. Ogni pretesa di indifferenza svanì.

«Presumo che sia questo… ehm… *avvertimento* il motivo per cui sono qui a Parigi e non a dondolare la culla di mio figlio a Versailles?» chiese seccamente. Quando Estée annuì, il duca allargò le falde della giacca e si rimise seduto sulla *chaise longue.* «Ditemi tutto.»

SEI

«Lucian ha detto che non potevate mettere nero su bianco ciò che volevate discutere» continuò il duca. «Che sospettate che la vostra corrispondenza venga aperta da *Monsieur* Marville?»

«Non lo sospetto» rispose Estée. «So che è così! *Tante Philippe* ha avuto l'informazione da una fonte affidabile nell'ufficio postale di Marville.»

«E questo complotto per vendicarsi di me attraverso Antonia... Nostra zia è stata esplicita riguardo al nome di questa amante scontenta?»

Estée ne fu sorpresa. «Veramente non sapete chi sia?»

«So che mi ritengono onnisciente, ma non so leggere nella mente.»

Quando sua sorella rimase in silenzio, la guardò negli occhi azzurri e ribadì ciò che era ovvio: «Non ho intenzione di fornirvi un elenco delle mie precedenti amanti dal quale scegliere. Siate specifica».

«Oh, pensavo che steste tentando di essere circospetto perché sono passati solo una dozzina di mesi da quando la *Comtesse* era appesa al vostro braccio a ogni evento sociale. Aveva perfino avuto il cattivo gusto di vantarsene apertamente e davanti a me! Se veramente l'avete dimenticata, ne sono compiaciuta oltre ogni dire. È una bella gattina ma ha un carattere orribile, tutta sibili e artigli e pochissime fusa.»

Il duca osò sorridere. «Direi che questo restringe parecchio il campo. In effetti conosco solo una donna a cui corrisponda la descrizione.» Perse in fretta il sorriso. «Ma dato che la mia vita è cominciata di nuovo quando vi è entrata Antonia, dodici mesi potrebbero equivalere a dieci vite, tale è il baratro che separa quella vita e quella attuale.»

Estée sospirò felice. «Sono lieta di sentirvelo dire! Ed è verissimo. A volte mi chiedo come sarebbero stati i nostri giorni se non fosse stato per quella fatidica notte quando siete entrato nel *foyer* con Antonia tra le braccia, lei con un proiettile nella spalla e voi bianco come un fantasma e coperto del suo sangue...»

«Per favore, Estée, vi prego. Non voglio ricordare quell'evento particolarmente doloroso. Avete menzionato una contessa e con quella descrizione così precisa devo presumere che stiate parlando di Thérèse, la contessa di Duras-Valfons?»

A quel nome, Estée arricciò il nasino, come offeso da un cattivo odore. «Sì. *Tante Philippe* ha rivelato che il marito inglese di Thérèse è andato da lei a pregarla di intervenire in suo favore per far stare sua moglie lontana da voi.»

Era una novità per Roxton.

«Se avessi saputo che lord Thesiger si era ridotto a implorare, avrei interrotto immediatamente quel rapporto.»

«Ed è il motivo per cui Thérèse si era data un gran da fare perché voi non lo veniste a sapere» spiegò Estée. «E aveva mentito a Thesiger, dicendogli che era stata *lei* a lasciarvi, quando in effetti era vero il contrario. Quando a Parigi arrivò la notizia del vostro matrimonio, il marchese di Chesnay osò leggere a voce alta la notizia dove Thérèse poteva sentirla, in modo che tutti potessero vedere la sua reazione. Lei non li deluse. Svenne! E fu allora che suo marito, e tutta Parigi, seppe che aveva mentito, e che si era pienamente aspettata di riprendere la vostra relazione al vostro ritorno dall'Inghilterra. Ma provo un briciolo di compassione per lei...»

«La vostra clemenza è infinita.»

«Ho detto un briciolo.» E aggiunse, con uno sguardo di sottecchi perché non osava guardarlo direttamente. «Spero solo con tutto il cuore che ciò che ha confidato a *Tante Philippe* sia un'altra bugia. Perché spiegherebbe perché era svenuta e poi fosse così turbata. Se aveva detto a suo marito che la relazione era finita, ma non era così, la prova sarebbe questa. E ovviamente lui brucerà di rabbia nell'essere umiliato pubblicamente, se Thérèse manterrà la promessa di offrire al mondo quella prova, e alla presentazione a corte di Antonia, oltretutto.»

«Estée, ritiro ciò che ho detto riguardo all'essere onnisciente. Non ho idea di che cosa stiate blaterando.»

«Secondo *Tante Philippe*, a Thérèse non importa minimamente se metterà in imbarazzo se stessa o suo marito e se entrambi verranno esiliati. È decisa ad avere il suo giorno di fama solo per rovinare la felicità di Antonia perché dice che voi avete rovinato la sua!»

«E questo dovrebbe rendere la situazione più chiara per me? Avete solo offuscato ancora di più lo specchio.»

«Allora sono lieta di non averlo scritto nero su bianco e che siate qui per scoprirlo di persona. Anche se rende ancora più sgradevole per me dirvelo.»

Il duca aggrottò la fronte. «Non ne dubito.» Aggiunse poi con parecchia diffidenza, perché stavano parlando di un argomento che non aveva mai pensato di trattare con sua sorella. «Mi scuso in anticipo se sto rivangando certi particolari delle mie precedenti *liaisons* con voi, ma quando serve... Francamente non ricordo una sola circostanza in cui abbia dato alla contessa Duras-Valfons un motivo per essere infelice. O, se è per questo, di credere che quel rapporto abbia avuto più sostanza di qualunque altro. Presumevo che entrambi sapessimo a che cosa andavamo incontro. Non ero il suo primo amante, ma» aggiunse guardandola negli occhi azzurri e sorridendo, «lei è stata sicuramente l'ultima per me.»

«Non c'è bisogno che lo diciate, *mon cher frère*» mormorò Estée, con le lacrime agli occhi e una mano appoggiata al polsino di velluto della sua manica. «Lo so e lo sanno anche tutti gli altri.»

Il duca annuì e continuò, ancora perplesso.

«A Fontainebleau, subito dopo la partenza di Antonia per l'Inghilterra, la contessa e io ci siamo separati in termini amichevoli. O così pensavo. Niente nel suo atteggiamento o nelle sue parole indicava che fosse dispiaciuta. Né... Di che cosa mi accusa?»

«Non lo sapete veramente?»

Roxton alzò frustrato il polso coperto dal pizzo e fece una smorfia. La sua espressione diceva tutto. Non ne sapeva niente. La sua ignoranza avrebbe dovuto sorprenderla. Dopotutto era sempre stato al corrente dei pettegolezzi della società sia a Parigi sia a Londra. Estée non aveva modo di sapere come ottenesse le informazioni, ma sospettava che pagasse, come faceva per tutto il resto nella sua vita, ricompensando generosamente quelli che gli erano fedeli.

Ma nella faccenda che riguardava la contessa Duras-Valfons, capì la sua ignoranza. A suo modo di vedere, la relazione era finita in termini amichevoli. Non c'era bisogno di ripensarci. Né avrebbe preso in considerazione il possibile risultato della relazione a cui la maggior parte, se non tutti, gli uomini che partecipavano a quei giochi di seduzione raramente pensavano. E ciò perché Estée credeva, e così credeva la società, che fosse responsabilità della donna prendersi cura delle conseguenze risultanti da queste relazioni illecite.

Se risultava una gravidanza, la donna si ritirava discretamente dalla società fin dopo la nascita. Se il neonato sopravviveva, veniva inviato in campagna a una coppia indigente, per non essere mai più visto né riconosciuto. Dopo una breve assenza e con il colorito che rifioriva sulle guance, la donna rientrava in società. Potevano conoscere tutti il motivo della sua assenza, ma se suo marito non riconosceva il bambino come proprio, non lo faceva nemmeno la società. Era come se la nascita non avesse mai avuto luogo. Gli amanti riprendevano da dove avevano lasciato, o si separavano e acquisivano nuovi amanti, tutti seguivano le regole e il ciclo della rincorsa al piacere continuava. Nessuno se ne meravigliava. Nessuno si lamentava. A nessuno importava purché quelle faccende venissero svolte nella maniera solita, discretamente e senza tante storie.

Che la contessa intendesse violare quelle regole non scritte aveva talmente sbalordito le vecchie zie che avevano messo da parte la loro insistita animosità nei confronti del duca. La madre di Roxton, la loro sorella, era stata una Salvan. C'erano in gioco il buon nome e l'orgoglio della famiglia. Oltretutto, Roxton era un buon amico del re. Sapevano a chi dovevano la loro lealtà.

Conoscendo bene le macchinazioni della società fin dal suo primo matrimonio, a quindici anni, Estée si era resa conto che c'era in gioco molto di più di quanto le avessero dato a intendere le zie. Sospettava che stessero complottando con la contessa per mettere in imbarazzo suo fratello, ma che volessero anche limitare eventuali danni e che non intendessero farsi nemico il nipote. Quindi si erano confidate con lei, scaricandole addosso lo spiacevole compito di informarlo che una delle sue precedenti amanti aveva recentemente messo al mondo un figlio e che intendeva rendere pubblico il fatto che il padre era il duca.

«Gli uomini sono così ignoranti delle faccende femminili» disse con il respiro tremante, senza riuscire a impedire alle lacrime di scivolare lungo le guance o che la tristezza fosse evidente nella sua voce, pensando ad Antonia e a ciò che avrebbe significato per lei quella notizia. «È tutto ciò a cui pensiamo noi donne, dobbiamo farlo, a volte finché siamo troppo vecchie per pensare ad altro. Forse me ne preoccupo più di quanto Thérèse meriti perché sono *enceinte*. Non mi importa veramente di quella donna. Sapeva quali potevano essere le... ah... *conseguenze*, della vostra relazione e che sarebbe toccato a lei occuparsene e in modo discreto.

«Eppure le vecchie zie mi informano che Thérèse ha deciso di fare delle storie. Intende usare il bambino che ha messo al mondo per ottenere vendetta su di voi. Perché, ci chiediamo? Stupida donna! Se insisterà con il suo piano, tutti la conosceranno per quella che è: una creatura senza buone maniere, vendicativa e indegna del suo lignaggio. Ovviamente nessuno prenderà le sue parti. Ma causerà scalpore, anche se per poco, perché riguarda *voi*. Oh Roxton! Quando penso all'inutile *crudeltà* che infliggerà ad Antonia, che è lei stessa diventata recentemente madre, mi si spezza il cuore...»

«Non ho un altro fazzoletto da darvi» la interruppe il duca con la voce roca, alzandosi dalla *chaise longue* e attraversando la stanza per andare al tavolo da toletta. «In che cassetto sono?»

Ma non fece abbastanza in fretta. Estée colse un lampo del suo viso arrossato per l'imbarazzo e poi, nell'attimo successivo, sbiancato come un lenzuolo. Fu tale il suo sbalordimento al suo freddo orrore che non gli rispose finché il duca non ripeté la domanda e in tono più rude del precedente.

«Estée! I fazzoletti! In che cassetto?»

«Quello in fondo sulla destra.»

Il duca aprì il cassettino. Era pieno di fazzoletti bordati di pizzo, ma si prese tutto il tempo per estrarne uno. Gli serviva un momento per respirare, riprendere l'equilibrio mentre lo attraversava una miscela di emozioni, raggelandogli il sangue.

Era incredulo, folgorato dalla propria ignoranza. Sentì montare dentro di sé l'ira nei confronti della contessa che osava metterlo in imbarazzo in questo modo; peggio ancora, perché era intenta a turbare la sua duchessa. Più di tutto sentì il desiderio urgente di mettersi in moto, per scoprire da solo la verità. In quel momento non gli interessava che cosa intendesse fare a tal proposito. La cosa fondamentale che aveva in testa era limitare i danni dei piani di quella donna prima che arrivassero a lambire Antonia.

Tornò alla *chaise longue* e passò il fazzoletto a Estée ma non si sedette.

«Grazie per avermelo detto. Mi dispiace che le vecchie zie vi abbiano lasciato un compito così sgradevole. Restate certa che mi occuperò della faccenda, e in fretta. Ora dovete scusarmi. Ho un impegno altrove.»

«Lo direte ad Antonia?»

Il duca la guardò con un'espressione che non rivelò niente dei suoi pensieri.

«Farò tutto il necessario per assicurare la felicità di mia moglie. Ed è ciò che desiderate anche voi, so che posso contare sulla vostra discrezione.»

«Naturalmente. Non dirò una parola.»

Il duca inclinò la testa, si guardò attorno e la sorprese dicendo in tono tranquillo: «Mentre sarete a Versailles con noi dovreste approfittarne per riarredare il vostro appartamento. Nuova carta da parati, tappeti, mobili, tutto quello che volete».

Immediatamente distratta, Estée sorrise felice.

«Davvero? Dicevo a Lucian due settimane fa che avremmo dovuto chiedervi di farlo e prima che arrivi il bambino in primavera.» Lo guardò con un misto di timidezza ed entusiasmo. «Quando dite appartamento, intendete le stanze mia e di Lucian e anche quella del bambino?»

«Tutte quante, anche quelle dei domestici se serve. Informerò Lapin di darvi *carte blanche*. Lascerò che siate voi due a definire i particolari.»

La menzione del sovraintendente dell'Hôtel la fece balzare in piedi. Prendendo la mano che il duca aveva steso per salutarla, Estée lo sorprese baciandogliela e poi premendosela sulla guancia.

«Siete il migliore e il più generoso dei fratelli! Potrei piangere per la felicità!»

«Non ne dubito, ma, per favore, contenetevi» ribatte scherzoso il duca, togliendole gentilmente le dita dalla mano. Le rivolse un breve inchino. «Tornerò alla villa in tempo per la cena, quindi vi porgo i miei saluti. Antonia si aspetta che vi uniate a noi per la fine della settimana. Vi ho portato la carrozza grande, anche se dovrete limitarvi a tre delle vostre donne, dato che la villa è così...»

«Oh, è solo un piccolo inconveniente» rispose felice Estée. «Le altre avranno troppo da fare qui, con l'appartamento così per aria.»

«Sì, è quello che pensavo» rispose il duca e prese congedo, sicuro che la mente di sua sorella ora fosse fermamente orientata verso il piacevole compito femminile di rinnovare l'appartamento.

Aveva voltato le spalle e il domestico in livrea aveva appena aperto la porta che sua sorella stava chiamando le sue donne a voce alta. La nota di ansante eccitazione nel suo tono di voce lo rassicurò che qualunque preoccupazione le fosse rimasta riguardo alla contessa e ai suoi piani si era dissolta, trasferita a lui, e che qualunque spiacevolezza fosse rimasta non era più affar suo. Era stato precisamente quello il suo scopo.

Lasciando l'appartamento di sua sorella, uscì anche dall'Hôtel e si diresse immediatamente da Rossards. Nonostante avesse un'intera giornata di appuntamenti organizzati dal suo sovraintendente prima di tornare alla villa, aveva bisogno di qualche ora di compagnia maschile senza complicazioni, come si poteva trovare ai tavoli da gioco del suo bastione preferito del privilegio dell'aristocrazia parigina.

Gli avrebbe dato il tempo di riordinare i suoi pensieri e decidere come occuparsi di Thérèse Duras-Valfons. E se si volevano conoscere gli ultimi brucianti pettegolezzi dei salotti parigini, li si potevano trovare, caldi e illuminanti, da Rossards. Avrebbe saputo, solo entrando dalle porte di quel locale, se ciò che la contessa aveva asserito riguardo al suo bambino era arrivato oltre i sussurri sbalorditi delle sue vecchie zie.

Qualunque fosse il risultato, comunque fosse stato ricevuto, non aveva la minima idea di come avrebbe affrontato l'argomento con Antonia.

SETTE

VILLA ROXTON, RUE DES RÉSERVOIRS, PETIT PARC, VERSAILLES

Antonia si allontanò dal camino e si voltò con un sorriso trionfante. Si rivolse ai tre gentiluomini che stavano guardando i due ritratti a mezzo busto appena appesi fianco a fianco sopra la mensola dipinta. Uno era di un bel nobiluomo, l'altro della sua bella e giovane moglie. Lo stile delle acconciature e dei vestiti era quello in voga durante la reggenza del duca di Orléans ed erano stati dipinti da Hyacinthe Rigaud, l'artista più celebre della sua generazione.

«Non è il posto perfetto per riunirli?»

«Sì, *Madame la Duchesse*» ammise Martin Ellicott, avvicinandosi di un passo e fissando i dipinti. «Non credo di aver mai visto questi particolari dipinti di *Monsieur le Marquis* e *Madame la Marquise* prima d'ora. Sono una splendida coppia.»

«Sono loro?» chiese lord Vallentine alzando il mento con la fossetta. «Pensavo che sembrassero vagamente familiari. Il naso di lui e gli occhi azzurri di lei mi avevano fatto pensare.»

«Lucian! State deliberatamente facendo lo stupido per irritarmi» disse senza fervore Antonia, tornando a guardare i ritratti. «Sapete benissimo chi sono! *Monsieur le Duc* ha il naso aristocratico di suo padre. E *Madame*, lei ha i begli occhi azzurri di sua madre. E avete già visto i genitori di *Monseigneur*, nel grande ritratto di famiglia appeso nella Long Gallery a Treat. Ma questi ritratti sono stati fatti subito dopo il loro matrimonio. È quello che mi ha detto Jean-Luc.»

Antonia andò dal duca che non aveva ancora fatto commenti. Non aveva distolto gli occhi dai ritratti da quando era entrato nella stanza. L'ultimo ad arrivare per la cena, essendo tornato da Parigi a cavallo, aveva fatto un bagno ed era *en déshabillé*, con una banyan di seta cinese su una camicia bianca pulita e calzoni di velluto.

Antonia capì dal suo sguardo perso nel vuoto che stava ricordando un tempo quando i suoi genitori erano ancora vivi. Gli prese le dita e spezzò l'incantesimo.

«Siete contento di vederli rimessi al loro posto?»

Roxton le sorrise.

«Sì, anche se non posso dire di ricordare questi particolari ritratti o su quale parete fossero. Anche se sospetto che non fossero in questa stanza.»

«Perché questa era la camera dei vostri genitori prima che faceste ristrutturare la casa, *oui*?» Quando il duca annuì, aggiunse: «Anche Jean-Luc non ricorda precisamente su quale parete fossero, ma gli ho detto che non era importante. Non avrei saputo che esistevano questi ritratti prima d'oggi, se non avessimo parlato in giardino. E lui era d'accordo con me che questa era la loro camera, che noi adesso usiamo per la colazione e la cena ed è giusto avere i vostri genitori qui con noi. Ma più che altro per Julian, così conoscerà i suoi nonni quando sarà più grande».

Lo sguardo di Antonia vagò per la stanza con la *boiserie* di legno chiaro e gli alti soffitti di gesso e si fissò sulle portefinestre che si aprivano su un piccolo giardino privato, con le tende azzurre legate a mostrare la luce che stava svanendo in fretta in quel giorno d'inverno.

«I vostri genitori dovevano avere un gran bell'appartamento qui» disse malinconicamente.

«Ma lo abbiamo anche noi, vero, con la vista sul parco di *Sa Majesté* dalle nostre finestre al primo piano.»

«È vero e in questo periodo dell'anno è molto bello con la nebbia mattutina tra gli alberi, ma in primavera questa stanza, con le finestre aperte, si riempirà del profumo dei fiori delle aiuole. Sono sicura che vostra madre lo avrebbe trovato incantevole.»

Il duca le prese la mano e la baciò. «Se saremo qui quando saranno in fiore, li farò mettere in vaso e portare nel vostro spogliatoio.»

Antonia si sollevò sulla punta dei piedi e gli baciò la guancia. «Grazie *Monseigneur*, ma lasciamo i fiori in giardino, potremo fare una passeggiata e apprezzare il loro profumo dopo la colazione.» Poi aggiunse un pensiero improvviso, con una ruga che si formava tra le sopracciglia. «In Francia per i signori delle grandi case è abitudine avere le loro camere al pianterreno, eppure qui alla villa, e anche all'Hôtel, per noi non è così. Non è strano?»

«Strano, *ma belle*? No, visto che preferisco l'abitudine inglese di non avere le camere al pianterreno e...»

«È saggio» li interruppe cupo lord Vallentine. «Avere solo delle leggere portefinestre tra il letto e il giardino è cercare guai. Molto più sicuro lasciare una rampa di scale. Scoraggia gli intrusi e con gli uomini a ogni pianerottolo possiamo dormire tranquilli.»

«Nessuno che non ne abbia il permesso oserebbe mettere piede nella proprietà di *Monsieur le Duc*» disse Antonia sprezzantemente, prendendo posto al tavolo rotondo, già apparecchiato con gli argenti e le porcellane per la cena. Un cameriere in livrea estrasse la sedia per lei. «E anche se dovessimo dormire qua sotto, ci sono abbastanza uomini in giardino da spaventare chiunque osasse entrare.» Fece una risatina. «Sono sicurissima che quelli nelle case vicino alla nostra devono chiedersi se *Monseigneur* abbia il suo esercito privato, visto la quantità di domestici che abbiamo!»

Lord Vallentine, che era già accanto alla console e aveva riempito una ciotola con la zuppa e ora stava impilando un'ampia scelta di carni, frutta e dolci sul suo piatto, guardò indietro e disse sbuffando: «È proprio un esercito! E perché no? Hanno i loro ordini e guai agli affittuari dall'altra parte del muro se fossero così sciocchi da aprire il chiavistello del cancello senza permesso. Tutta quella gente gli sarebbe addosso subito».

Antonia fece una smorfia. «Non capisco. Parlate come se non fossimo sicuri in casa nostra. E perché i nostri vicini dovrebbero venire a trovarci passando dal giardino? Mi dicono che la casa è stata affittata di recente a una famiglia con tre figlie che...» Guardò allarmata il duca. «Renard? Ci sono stati intrusi in giardino?»

«In giardino? Non che io sappia *ma vie*» rispose tranquillo Roxton, facendo un cenno al maggiordomo di versare il caffè. «Non credo che Lucian intendesse dire che c'è un pericolo immediato, non in senso letterale. Né, e so che non vede l'ora di assicurarvi, voleva causarvi inutile inquietudine o preoccupazioni per il benessere di nostro figlio...»

«Eh? Certo che no!» si affrettò a dire Vallentine quando il duca lo fissò inarcando le sopracciglia. «È solo che come Roxton, qui, ho l'avversione di un inglese per le camere da letto così vicine al terreno.» Appoggiò forte il piatto stracarico e una ciotola di crema di ostriche sul tavolo e si mise a cavalcioni su una sedia. «Questi francesi possono ficcare le loro camere dove vogliono e tanti auguri a loro, dico io, ma per questo inglese, il mio letto è sopra una rampa di scale e lungo un corridoio, con parecchi uomini in mezzo. Ecco tutto.»

«L'avversione per la terra deve turbarvi parecchio, Lucian» disse dolcemente Antonia, con uno sguardo sospettoso che passava dal cognato al marito e pensando che forse c'era più in quella discussione sugli intrusi di quanto volessero divulgare. «Com'è infatti possibile che il più grande spadaccino di Francia e

Inghilterra senta il bisogno di dormire al piano di sopra e con uomini che sorvegliano le scale per sentirsi al sicuro?»

Invece di dissipare i suoi sospetti, Sua Signoria li confermò quando borbottò una risposta evasiva prima di concentrarsi a risucchiare la sua zuppa. Antonia avrebbe insistito se Martin Ellicott non avesse colto l'occasione del silenzio che era seguito per cambiare argomento.

Martin aspettò che il cameriere le riempisse la tazza di caffè e poi chiese in tono colloquiale, con il cucchiaio d'argento da zuppa sospeso sopra una ciotola di brodo di pollo e verdure. «*Madame la Duchesse*, avete detto che i ritratti di *Monsieur* e *Madame le Marquis* sono stati scoperti...?» Dovette nascondere un sorriso quando il duca gli rivolse un'occhiata grata.

«Oh sì! Stavo per raccontarvi della scoperta e di come ho incontrato Jean-Luc in giardino, ma poi Lucian mi ha fatto preoccupare per gli intrusi...»

«Vi ho fatto preoc...? Oh, giusto» borbottò Sua Signoria quando il duca alzò gli occhi al cielo. «Vi faccio le mie scuse.» Sollevò il cucchiaio d'argento verso la duchessa. «Sono tutto orecchie. Specialmente perché piacerebbe a tutti innanzitutto sapere come questo tizio, Luc sia entrato in giardino.»

«Pensate che Jean-Luc sia un intruso?» lo prese in giro la duchessa e scosse la testa, dando un'occhiata al duca. «Potete stare tranquillo, *mon beau-frère.* Jean-Luc non è entrato in giardino aprendo il cancello. È al servizio della famiglia di *Monseigneur* da...»

«Ah! Avrei dovuto capire che era un servitore» sbottò Vallentine sollevato. «È stata la parola "incontrato" che mi ha ingannato.» Poi, a parte disse al duca: «Devi avere l'unica duchessa in tutta Europa che tenta di avere una sincera conversazione con un lacchè...»

«*Tenta?*» ribatté Antonia, finalmente provocata. «Pensate che la gente al nostro servizio non abbia un cervello?»

«Beh, ce l'hanno?» la stuzzicò Vallentine e con un sorriso malizioso tornò a mangiare rumorosamente la zuppa.

Antonia si mise diritta, ma questa volta non abboccò all'amo. Invece disse, con ingannevole dolcezza: «Lucian, spero che non stiate suggerendo che *Monseigneur* permetterebbe che la sua famiglia fosse affidata alle cure di imbecilli o squilibrati?»

«Eh!? Squi-squilibrati? Non l'ho mai... ehi! Non mettetemi le parole in bocca, o pensieri nella testa di Roxton» le ordinò Vallentine. «Non è quello che intendevo dire e lo sapete!» Poi rovinò la sua finta sicurezza chinandosi verso il duca e dicendo umilmente: «Non è quello che intendevo dire».

«Ciò che so io, mio caro» rispose tranquillamente il duca, affettando con cura e sottilmente una pera, «è che sembra esattamente ciò che intendevi dire, mettendo in dubbio le azioni della duchessa.»

Vallentine borbottò qualcosa sul fatto di essere un pesce e aver abboccato all'amo che gli penzolava davanti. Spostò la ciotola vuota di zuppa e al suo posto mise il piatto carico di formaggi assortiti, carne e dolci.

«Non ho deliberatamente usato la parola lacchè» ribatté Antonia. «Perché non è quello che è Jean-Luc. Vero, *Monseigneur*?»

Il duca inforcò una sottile fetta di pera e alzò lentamente gli occhi su quelli verdi di Antonia. La sua espressione non rivelava i suoi pensieri. «Per favore, non fate aspettare Martin e me, *mignonne*, e rispondete alla sua domanda riguardo a dove sono stati scoperti i ritratti.»

Antonia capì immediatamente che stava eludendo la domanda, ma prima che potesse rispondere, Vallentine li interruppe. Non si era reso conto del tentativo del duca di cambiare argomento.

«Ma se questo Luc non è un lacchè e dite che non è un intruso, allora chi diavolo è e che cosa ci faceva in giardino?»

Ci fu un momento di silenzio, i duchi si guardarono negli occhi.

Le parole non servivano per comunicarsi i pensieri, e Antonia capì che Jean-Luc non era un argomento che suo marito desiderava discutere in quel momento. La sorprese, ma accettò la sua silenziosa richiesta.

«Jean-Luc era in giardino con gli altri servitori per la revisione contabile…»

«Ah! Allora *è* un servitore» dichiarò Vallentine.

Di nuovo Antonia guardò il duca, aspettando un suo commento, ma lui aveva abbassato gli occhi ed era tornato a mangiare la pera. Toccò a Martin giudicare l'umore e spostare la conversazione in un'altra direzione.

«Questa revisione contabile è condotta da Mercier, *Monsieur le Duc*?» chiese Martin Ellicott.

«Sì» rispose Roxton ma continuò a non alzare la testa, come se le fettine di pera richiedessero tutta la sua attenzione.

La duchessa e Martin Ellicott, che stavano entrambi guardando il duca, si scambiarono un'occhiata e capirono dalle loro rispettive espressioni ciò che stava pensando l'altro. C'era qualcosa che non andava col duca. Ma Sua Signoria continuò a essere ignaro. La sua ignoranza aiutò ad alleggerire l'atmosfera.

«Mercier?» Vallentine si tuffò sul nome del maggiordomo della villa. Quando Antonia annuì, Vallentine si chinò verso il duca e disse sottovoce: «Brav'uomo Mercier, riuscirà a scovare eventuali parassiti o inquisitori fuori luogo…»

«Sì, Lucian» confermò il duca, interrompendolo. Alzò gli occhi dal piatto sorridendo a sua moglie. «*Mignonne*, Martin non è l'unico che desidera sapere dove sono stati scoperti i ritratti. E Lucian non vi interromperà di nuovo…»

«Accidenti, ecco che ci risiamo!»

«E di nuovo…» ironizzò il duca.

«Mi dispiace, *Monseigneur* ma come faccio a raccontarvi della scoperta dei ritratti senza dire come mai mi sono ritrovata a parlare a lungo con Jean-Luc in giardino?» rispose Antonia e sorrise dolcemente. «Non posso separare le due cose, *oui*?»

«Sono sicuro che troverete un modo» disse impassibile il duca, mettendo da parte il coltello da frutta e il piatto e prendendo la tazza di caffè, con lo sguardo rivolto dappertutto tranne che verso sua moglie.

Antonia rimase in silenzio e pensierosa. Adesso era convinta che ci fosse qualcosa che stava turbando gravemente il duca. E qualunque cosa fosse, era successa mentre era a Parigi perché era tornato alla villa d'umore completamente diverso da com'era quando era partito alle prime luci dell'alba. Pensò a che cosa poteva essere, chiedendosi se c'erano notizie riguardo a sua sorella che non desiderava condividere. Ma ignorò immediatamente quell'idea. Se Estée o il suo bambino avessero avuto qualche problema il duca non sarebbe stato lì ma a Parigi e Vallentine sarebbe stato richiamato al fianco della moglie. Quindi no, la sua distrazione non aveva niente a che vedere con la salute di sua sorella. Ma allora di che cosa si poteva trattare...?

OTTO

MARTIN ELLICOTT si rivolse alla duchessa, riscuotendo Antonia dai suoi pensieri e riportandola al presente.

«Oggi era una giornata particolarmente piacevole per stare all'aperto, *Madame la Duchesse*» commentò in tono leggero, sorridendole senza guardare il duca. «Quindi non dubito che i servitori si siano goduti il loro tempo al sole quanto voi e la piccola signoria...?»

«È il motivo per cui ho portato Julian in giardino» rispose Antonia. E cogliendo il suo suggerimento, continuò in tono leggero, sperando che potesse riportare il duca tra di loro. «Le mie donne erano contrarie all'idea di portar fuori Julian in inverno, dicendo che era un male per un bebè. Ma le sue balie mi hanno assicurato che d'inverno si siedono all'aperto al sole con i loro bambini e quindi perché non avrebbe dovuto farlo Julian? Quindi ho insistito. Ma che cosa hanno fatto fare le mie donne alle cameriere?» aggiunse, spalancando gli occhi mentre guardava i commensali. «Lo hanno fatto avvolgere in talmente tanti strati che sembrava una succosa caramella.» Quando ci fu una risata generale sorrise. «È vero, vi dico. Ho fatto loro togliere metà degli strati, ma per mettere fine alla loro agitazione, ho inserito Julian nel mio manicotto...»

«*Che-che cosa?* L'avete messo... L'avete messo dentro il vostro *manicotto*?» ripeté Vallentine sgranando gli occhi. Quando Antonia annuì fece una specie di risata e sbatté la mano sul tavolo così forte che i bicchieri di cristallo tintinnarono. «Ah, certo! È una cosa che fareste! Scommetto che lì dentro era caldo come una fetta di pane tostato.» Aggrottò di colpo la fronte e dovette chiedere: «Ma come faceva a respirare?»

«Sciocco! Non l'ho infilato di testa. La testa sporgeva da una parte e i suoi piedini spuntavano appena dall'altra, quindi era il suo pancino a essere più al caldo.»

Vallentine arricciò il naso, riflettendo. «Spero che indossasse tutti i suoi pannolini. Sono sicuro che non volevate che lasciasse qualche brutta sorpresa nel manicotto. D'altro canto, se fosse lasciato libero nella brezza, sarebbe più facile pulire.»

«Perché avete sempre la testa piena di banalità?» chiese Antonia, senza scaldarsi.

«Banalità? Potete pensarlo perché vostro figlio ha un battaglione di cameriere per occuparsi di ripulire ciò che si lascia indietro, giorno e notte. Ma il resto di noi, specialmente quelli che hanno il loro fagottino in arrivo, beh, noi ci preoccupiamo di ogni tipo di particolare banale che potreste pensare senza senso.»

Antonia lo guardò sopra il bordo dorato della tazza di caffè, inarcando le sopracciglia e lo punzecchiò.

«Vedete *Monsieur le Duc* che si preoccupa per questi particolari senza senso? No! Perché non sono rilevanti. E come vi ha già detto, lui lascia questi particolari a quelli esperti. Non è così, *Monseigneur*?»

«Proprio così, *ma vie*» rispose il duca, facendo per alzarsi. Ma quando Antonia continuò, si risedette e aspettò educatamente che lei finisse la sua spiegazione.

«Ma siccome so che me lo chiederete ugualmente, Vallentine» disse con un sospiro, «permettetemi di tranquillizzarvi. Non solo

Julian aveva i suoi pannolini, ma aveva anche un cappellino e le calze di lana. Il mio manicotto serviva per farlo stare al caldo senza avere tutto quell'ingombro.» Antonia sorrise fiera, mostrando le fossette. «Ed è stato molto astuto da parte mia e un'alternativa geniale rispetto a farlo sembrare un bebè-caramella, no?»

«Ispirato, *ma belle*» ammise il duca e fece nuovamente per alzarsi. Eppure quando Martin Ellicott rivolse una domanda alla duchessa, si sedette di nuovo aspettando la sua risposta.

«*Madame la Duchesse*, è stato mentre passeggiavate in giardino con la piccola signoria nel manicotto che vi siete imbattuta in Jean-Luc?»

«Sì!»

Il sorriso e lo sguardo che rivolse a Martin gli dissero che Antonia era lieta per la domanda. Ebbe anche la distinta impressione che ci fosse qualcosa in sottofondo che desiderava far capire al duca.

«Julian aveva perso un calzino e Jean-Luc l'aveva recuperato. Stava aspettando in fila con i servitori per essere intervistato da *Monsieur* Mercier, ma avendo visto il momento in cui Julian aveva scalciato il calzino, l'aveva raccolto ed era venuto a restituirlo. Ma le mie donne l'avevano fermato, dicendo che non avrebbe dovuto avvicinarsi a me e consegnarmi qualcosa. Immaginate quanto fosse ridicola quest'idea per me, visto che tutti sanno che è Jean-Luc che va avanti e indietro all'Hôtel a prendermi i libri.»

«E quando le mie donne hanno continuato a fare storie, si sono avvicinati due domestici, pensando che fosse Jean-Luc a causare disturbo, cosa che non era. E poi *Monsieur* Mercier si è unito a noi. È stato allora che mi sono arrabbiata» confessò al duca, irritata con se stessa. «Ho alzato la voce, Renard, cosa che non mi piace minimamente fare, dicendo loro di andare via e lasciarci da soli. Julian era agitato. Non aveva mai sentito sua madre parlare in tono arrabbiato.» Allungò la mano e il duca la coprì con la propria. «Voi non alzate mai la voce con nessuno, anche quando so che siete furioso, eppure tutti fanno quello che gli viene detto.»

«È... ehm... un'arte acquisita. E ho molti più anni di esperienza rispetto a voi.» Il duca le strinse gentilmente le dita. «E non dubito che nonostante la vostra irritazione, e il desiderio che vi ascoltassero, abbiate gestito la situazione con aplomb.»

«Lo spero» disse Antonia con un sorriso, non completamente convinta. «Ho dovuto chiedere a Gabrielle di portare Julian e le mie donne in fondo al giardino, perché non si sentiva niente sopra il suo pianto. E non voleva smettere, anche dopo avergli coperto la faccina di baci. Quindi devo averlo veramente spaventato. Ho spaventato tutti! *Monsieur* Mercier si è precipitato alla sua scrivania con i domestici e Jean-Luc si è allontanato. Ma l'ho richiamato.» Guardò intorno al tavolo per includere gli altri nella conversazione. «Volevo ringraziarlo, non solo per aver recuperato il calzino di Julian, ma anche per le infinite commissioni che gli chiedo di fare per me, senza che si sia mai lamentato una volta.»

«Ha qualche motivo per lamentarsi?» chiese Roxton, sorpreso. «Non dubito che le vostre commissioni lo tengano occupato...»

«È quello che ha detto!» esclamò lieta Antonia. «Che la mia lista di libri gli dà un motivo per visitare l'Hôtel e passare qualche ora lì, nella biblioteca, a rovistare tra gli scaffali.»

«Non gli serve una scusa. Può visitare la biblioteca, e l'Hôtel, ogni volta che lo desidera.»

Antonia sostenne lo sguardo del duca. «È ciò che ha detto anche Jean-Luc. Non il fatto di avere una scusa, ma che, anche se vive qui alla villa, ha il permesso di andare e venire dall'Hôtel come più gli piace. Mi ha incuriosito e, dato che è vecchio, mi sono chiesta se forse era stato un servitore ora in pensione e che viveva qui grazie alla vostra generosità. Quindi naturalmente gliel'ho chiesto. Perché non avrei dovuto? Sono la vostra duchessa e devo sapere queste cose, sì? E Jean-Luc mi ha gentilmente risposto.»

Nonostante la sua preoccupazione e l'apparente cattivo umore, il duca non riuscì a non sorridere.

«Non ho dubbi che siate riuscita a estorcergli *tutta* la storia della sua vita» rispose finalmente alzandosi. «E questo non mi lascia niente da aggiungere e dato che gli orologi stanno per suonare l'ora e ho ancora delle lettere da scrivere, dovrete scusarmi. Sono lieto che abbiate potuto godervi il giardino al sole d'inverno, *ma vie*» aggiunse gentilmente. «Vorrei solo essere stato lì per goderlo con voi.»

«L'avrei voluto anch'io...» rispose Antonia con un sorriso, poi si sforzò di dire in tono lieto: «*Monseigneur*, devo ancora rispondere alla domanda di Martin. Non volete sapere che cosa mi ha detto Jean-Luc riguardo ai bei ritratti dei vostri genitori?»

«Non questa sera. Aspetterò quel piacere se e quando vorrete ripeterlo, forse a colazione.»

Il duca si era appena voltato quando Antonia disse a voce molto bassa obbligandolo a voltarsi e a guardarla negli occhi: «Perdonatemi *Monsieur le Duc*, non voglio tenervi lontano dalle vostre lettere, ma prima per favore assicuratemi che non la pensate come gli altri riguardo al fatto che la vostra duchessa fosse seduta al sole con Jean-Luc Levron...»

«*Levron?*» sbottò lord Vallentine, trasalendo. «È quello il Jean-Luc con cui stavate chiacchierando al sole?» Quando Antonia annuì, Vallentine guardò il duca, poi riportò lo sguardo su di lei e sbuffò. «Non mi meraviglia che i servitori fossero agitati. Le duchesse non chiedono ai Jean-Luc di questo mondo la storia della loro vita e di certo non si siedono con loro al sole. Semplicemente non si fa.»

Antonia si mise diritta. «Ebbene, questa duchessa lo ha fatto e intende rifarlo!»

NOVE

«FUORI» ordinò il duca facendo seguire il suo comando da un cenno della testa rivolto verso la porta. Il maggiordomo e i camerieri uscirono lasciando da soli i commensali. Il duca non tornò a sedersi ma restò vicino alla sua sedia e diede un'occhiata alla sua famiglia che lo guardava con ansia.

«Martin! Che cosa sapete della storia di Jean-Luc Levron?»

Martin Ellicott fu sorpreso di essere il primo a cui si era rivolto il duca ma gli rispose con calma.

«*Monsieur* Levron riveste la posizione di assistente di *Monsieur* Darville, il vostro bibliotecario, *Monsieur le Duc*. È l'incarico che ha da parecchi di anni. È tutto quello che...»

«No. *Non* è tutto quello che sapete» dichiarò il duca a denti stretti. «Quella è la storiella che raccontiamo agli ospiti e ai ficcanaso che hanno l'impertinenza di chiedere.»

Quella reazione insolitamente dura a una risposta piuttosto innocua era sconcertante e mise tutti in allerta. Intorno al tavolo si guardarono tutti furtivamente ma nessuno parlò. Il duca quasi non lo notò, né tirò il fiato.

«Ma scommetterei che tra il personale delle mie case non ci sia un uomo o una donna che non sappia da che lato del letto è emerso *Monsieur* Levron. E anche se non sanno altro su di lui, o della sua lunga storia personale dopo essere venuto al mondo, quello lo sanno. Sanno che è un… *bastardo*.»

Poi guardò Antonia e a lei sembrò che non la vedesse e la sua espressione non si addolcì come faceva di solito quando si rivolgeva a lei.

«E oggi *Madame la Duchesse* ha scoperto da sola che Jean-Luc Levron, il vecchio che viene e va con i suoi libri, è *della* mia famiglia, ma non ne fa parte. E non ne farà mai parte. Non è possibile. Ma è sotto la mia protezione, non perché io lo voglia ma perché mio padre, nel suo testamento, l'ha affidato alle mie cure. L'ho *ereditato* come si fa con la vecchia poltrona preferita di un genitore, che nessuno osa buttare via!

«Onorerò i desideri di mio padre e mi occuperò di Levron fino al suo ultimo respiro. È un brav'uomo. Non ci sono dubbi in merito. Ma io non sono mio padre e mio padre non è mai stato un duca. Io sì e proprio come fece il quarto duca prima di me e per il bene di mio figlio e dei suoi eredi, l'esistenza di legami di sangue vile non sarà mai riconosciuta. *Mai.* E dovrete ritenerla la mia ultima parola su questa faccenda, e riguardo all'esistenza di Jean-Luc Levron. Vi auguro buonanotte.»

Inclinò educatamente la testa, si voltò e uscì dalla stanza in un silenzio di tomba.

«Maledizione! L'ho visto solo raramente, se mai, così furioso!» dichiarò stupito Vallentine, qualche momento dopo che la porta si era chiusa alle spalle del duca. Balzò in piedi per prendere la caffettiera dalla console. La sollevò in alto. Antonia e Martin annuirono entrambi e spinsero avanti le loro tazze perché le riempisse di nuovo. Mentre versava il caffè per Antonia disse gentilmente: «Meglio lasciargli fino a domattina per calmarsi, eh?»

quando Antonia lo guardò sbattendo gli occhi, aggiunse timidamente: «È quello che faccio con sua sorella quando ha un accesso di malumore. Ora di mattina torna sempre in sé. Lo farà anche lui, vedrete».

«Grazie per il consiglio, Lucian» rispose sottovoce Antonia, ancora distratta. «Ma *Monseigneur* non ha mai accessi di nessun tipo.» Sorseggiò il caffè, pensierosa. «C'è qualcosa... Qualcosa che lo preoccupa... Qualcosa che non capisco. Non ve ne siete accorto anche voi, Martin?»

«Sì, *Madame la Duchesse*» disse senza esitare Martin Ellicott. «È raro che *Monsieur le Duc* mostri un'emozione così viva. L'ho visto solo in un'altra occasione...»

«Quando?» chiese Sua Signoria.

«Il giorno in cui fu obbligato a mandare *Madame la Duchesse* da sua nonna in Inghilterra.»

«Fu un momento molto brutto per entrambi» mormorò Antonia, e rabbrividì, come se stesse scrollando via il ricordo.

«Forse quello di cui ha bisogno è un bel salasso per mandar via tutti gli umori cattivi che lo stanno disturbando?» Disse scherzosamente Vallentine ammiccando.

Antonia ridacchiò all'immagine del duca che faceva una smorfia disgustata davanti al suggerimento di Vallentine. Scosse la testa con un sorriso.

«*Merci, mon cher beau-frère* per avermi fatto ridere. Ma no.» Perse il sorriso. «Sapete bene, come lo sa Martin, come lo so io, che *Monsieur le Duc* non è malato. È preoccupato. Glielo vedo negli occhi. È molto preoccupato, ma per che cosa?»

«Preoccupato?» Sua Signoria sbuffò. «È così che chiamate la sua reazione nello scoprire che avete chiacchierato a volontà con Levron? Personalmente non capisco quale sia il problema. Per essere un gonzo, il vecchio è abbastanza innocuo...»

«Che cosa sarebbe un gonzo, Lucian?»

«Un gonzo? Oh...ehm...un-un badalone. Comunque è quello che si dice in giro. Ma [MC1]. non lo so di sicuro perché non ho mai scambiato più di due parole con lui. E a pensarci bene non ricordo nemmeno quelle due parole. Tutte le volte che entro in biblioteca e lo trovo lì lui abbassa la testa e scappa via.»

«Dirmi che Jean-Luc è un gonzo e un badalone non mi aiuta affatto, Lucian. Martin, sapete che cosa…»

«Non è completamente *compos mentis*» enunciò lord Vallentine e per sottolinearlo roteò il dito in aria accanto all'orecchio e fece una smorfia.

«Ah, intendete dire che è un sempliciotto, *oui*?» dichiarò Antonia. Quando Sua Signoria annuì, aggiunse seria: «Ma Jean-Luc non è un sempliciotto come una persona nata così. Ha solo bisogno di tempo, e della nostra pazienza, per riuscire a formare le parole. Ho già visto questa condizione in passato, quando vivevo con *mon père*. C'era un ragazzo, Riccardo, che viveva dall'altra parte della strada rispetto alla nostra villa. Era balbuziente e se la gente non gli dava il tempo di formare le parole, non riusciva a parlare affatto! Ma *mon père* era sempre gentile con lui e molto paziente, quindi il balbettio di Riccardo non era così marcato.

«È la stessa cosa con Jean-Luc. Ma non è balbuziente dalla nascita come Riccardo. Jean-Luc mi ha raccontato che quando era un giovanotto che frequentava la Sorbona fu investito da una carrozza mentre attraversava il *Pont Royal*. Colpì l'acciottolato con la testa e si ruppe un braccio. Quando si risvegliò non era più lo stesso. Ci vollero molti mesi perché si riprendesse e anche se le ossa si erano saldate, era rimasto con un braccio storto. Ed era diventato balbuziente. *Et voilà*.»

«Quindi avevo ragione dicendo che la sua testa non è completamente a posto» le rispose Vallentine.

«No, perché Jean-Luc non è per niente un sempliciotto» lo rimproverò dolcemente Antonia. «Il suo cervello non lavora bene come prima.» Antonia sospirò. «Purtroppo, il colpo in testa mise fine ai suoi studi e al suo desiderio di diventare un *avocat*.» Sorrise a Martin. «Dato che *Monseigneur* non vuole parlare di Jean-Luc, forse voi potete dirmi quello che sapete della sua famiglia.»

Martin fu sorpreso. «Certo, *Madame la Duchesse.* Ma lui, Jean-Luc, non vi ha raccontato la storia della sua vita mentre eravate in giardino, come aveva presunto *Monsieur le Duc*?»

Antonia scosse la testa. «Come sarebbe stato possibile quando *Monsieur* Mercier e i domestici e le mie sciocche donne l'hanno spaventato tanto da non riuscire a pronunciare una parola per parecchi minuti! È il motivo per cui l'ho fatto sedere sulla panchina accanto a me. Per metterlo nuovamente a suo agio, gli ho parlato del libro di storia che sto leggendo. E quando è tornato in sé mi ha chiesto se avrei voluto vedere i ritratti dei genitori di *Monseigneur.* Si era assunto il compito di occuparsi di tutti i quadri in questa casa, ma teneva questi ritratti in particolare nelle sue stanze sopra la scuderia. Devo essergli sembrata preoccupata perché mi ha assicurato che il suo appartamento era ben arredato e aveva la sua stufa, quindi i quadri e i libri che teneva lì erano conservati bene. Ovviamente la mia preoccupazione era per lui, ma non importa. È stato lui a suggerire che i ritratti dei genitori di *Monseigneur* fossero appesi qui in questa stanza.»

Vallentine guardò i ritratti appesi sopra la mensola del camino e passò lo sguardo da Martin Ellicott alla duchessa, perplesso.

«Quindi Levron non ha parlato dei suoi genitori?»

«La prima volta che ho sentito che Jean-Luc era nato dalla parte sbagliata del cuscino...»

«Del letto, *Madame la Duchesse*» la corresse gentilmente Martin, aggiungendo con un sorriso diffidente, «anche se non credo importi come lo si dica, è comunque un eufemismo.»

«Letto? Oh, *merci, oui.* Dal lato sbagliato del letto» ripeté Antonia come per mandarlo a memoria. «Lucian, non sapevo della sfortunata situazione di Jean-Luc finché *Monseigneur* non ha menzionato il lato del letto e ha usato quella terribile parola...»

«Bastardo? Beh, sì, non è una parola piacevole» ammise Vallentine. «Ma è ciò che è. Un bambino nato dalla parte sbagliata del letto, o, se volete dirlo in modo corretto, *fuori dal vincolo matrimoniale*, viene di solito definito un bastardo.»

«Conosco il significato della parola, Lucian. Può anche essere corretta, ma per favore non ripetetela davanti a me perché quando viene pronunciata in modo così diretto, o nel modo in cui l'ha detta *Monseigneur*, è una parola odiosa che non mi piace per niente!»

Quando lord Vallentine inclinò la testa, assentendo, Antonia aggiunse francamente: «Quei bambini non hanno chiesto di nascere, *n'est-ce-pas*? E certamente non hanno chiesto genitori che non fossero sposati. *Mon père* ha passato molti anni mettendo al mondo questi bambini e lo rattristava che i peccati dei genitori venissero scontati dagli innocenti che avrebbero sofferto tutta la vita per lo stigma della loro nascita».

«*Madame la Duchesse*, vostro padre era un medico illuminato e compassionevole» disse Martin gentilmente. «Vorrei averlo conosciuto.»

«Sì, era così e vorrei anch'io che vi foste conosciuti. Mi manca ogni giorno... *mon père* mi diceva che le madri di questi bambini pagavano il prezzo dei loro peccati dovendo consegnare i loro figli agli orfanotrofi, per non vederli mai più. Riuscite a immaginarlo? Rinunciare a un bambino che avete portato dentro di voi per nove mesi? A quel tempo ero troppo giovane per capire veramente. Ma ora...» I suoi occhi verdi si riempirono di lacrime, che Antonia asciugò in fretta. «Ora che ho Julian non riesco a immaginare un destino peggiore che dover rinunciare a lui e non vederlo più...»

«Non avete bisogno di immaginarlo, *Madame la Duchesse*» la rassicurò Martin. «Avrete sempre la sua piccola signoria.»

«Sì, perdonatemi perché sono così *larmoyante*.» Antonia si diede mentalmente una scossa e disse: «*Mon père* criticava aspramente i papà assenti che avevano inflitto questa triste scelta a quelle donne, e lo stigma indelebile scaricato su quei figli non voluti. Dov'erano questi uomini, dopo essersi presi il loro piacere? Spariti nella notte...» Batté le mani. «Puf! Per non essere più visti. Loro...»

«Aspettate un momento, *ma belle-sœur*» la interruppe Vallentine, con le orecchie rosse. «*Infliggere* è una parola un po' troppo esagerata e la state facendo troppo pesante. Il vostro papà non poteva sapere con certezza se *tutti* quegli uomini fossero dissoluti buoni a niente! E prima che cominciate a discutere con me, vorrei dichiarare che questo argomento è sconveniente e che non dovremmo parlarne con voi, anche se il vostro papà era un grande medico che ha fatto nascere centinaia di quei bambini. Estée mi prenderebbe a sberle se lo sapesse e Roxton sarebbe più che furioso, sarebbe...»

«*Mon père* e io parlavamo di tutto» disse altezzosamente Antonia. «Nessun argomento era proibito. È lo stesso con *Monseigneur*. Posso chiedergli tutto.»

«*A lui*, sì. È vostro marito. Come il medico era vostro padre. Entrambi con l'autorità per decidere che cosa potete o meno sapere. Ma non è la stessa cosa con *noi*.»

Antonia fece spallucce, senza scomporsi. «Può anche essere così, ma mio padre non c'è più e mio marito non è qui. E dato che ho bisogno di sapere queste cose» aggiunse con un sorriso dolce, «a chi è meglio chiederle se non ai due uomini più vicini a me dopo mio marito? *Monsieur le Duc* ci ha proibito di parlare di Jean-Luc con lui, quindi dobbiamo parlarne tra di noi. Peccato, avrei preferito parlarne con *Monseigneur*, ma ha detto di no.»

«Potrebbe cambiare idea domani» suggerì Vallentine con poca convinzione.

«No, lo conosco. Non cambierà idea.»

Vallentine capì che Antonia sarebbe stata testarda. Un'occhiata di sottecchi a Martin Ellicott, che era imperturbabile come sempre, e alzò le spalle, soffiò fuori le labbra e disse sospirando: «Molto bene, se avete bisogno di risposte, meglio che vengano da me o Ellicott che da chiunque altro... E prima che continuiate, sono d'accordo con voi. I bambini nascono innocenti. Ma il problema per la maggior parte dei bambini che nascono al di fuori del vincolo matrimoniale e vengono abbandonati, è che diventano responsabilità della parrocchia, o almeno è ciò che succede in Inghilterra. Oserei dire che qui vengono messi negli orfanotrofi gestiti da uno degli ordini papisti. Comunque il risultato è lo stesso. Qualcuno deve pagare per il loro mantenimento. E ricade tutto sulla brava gente della parrocchia. È comprensibile che coloro che hanno fatto la cosa giusta, si sono sposati e si occupano della loro prole si risentano perché devono prendersi cura dei piccoli figli spuri...»

«Spuri? Che cosa...»

«Un sinonimo per la parola che non vi piace, *Madame la Duchesse*» si intromise Martin.

«La faccenda è» continuò lord Vallentine, «che pur non avendo niente contro queste donne che si trovano incinte da nubili, o i loro bambini, obietto a che mettiate tutti i papà nello stesso mucchio. Pensateci un momento. Quanti di questi potenziali papà pensava a che cosa sarebbe potuto risultare nove mesi dopo uno dei loro... uhm... incontri intimi? Non c'è un uomo al mondo che pensa a *quello* quando sono... quando stanno... Maledizione! Sapete che cosa voglio dire!»

Antonia spalancò gli occhi verdi. «Quando stanno...?»

Ma quando Sua Signoria inciampò nelle parole e il suo pallore divenne una scura tonalità di rosso, Antonia perse l'espressione di innocente curiosità e cercò di nascondere la risatina per sembrare contrita. Gli toccò il polsino di velluto.

«Mi dispiace. Non volevo mettervi a disagio. Non sono ingenua. Quando due persone sono prese dalla passione non pensano assolutamente alle conseguenze. Ma ciò che trovo incomprensibile è che in questi tempi più illuminati, sia in qualche modo colpa dei bambini solo essere nati! Com'è possibile? Non è logico.» Piegò la testa, riflettendo. «*Monseigneur* e io ne abbiamo parlato in passato, quindi perché, in questa occasione, lui non vorrebbe parlare di Jean-Luc?»

Martin Ellicott tossì educatamente portandosi il pugno alla bocca. «*Madame la Duchesse*, forse perché un conto è discuterne in senso generale, ma è tutt'altra cosa quando la faccenda assume un aspetto personale.»

«Ma a me non interessa assolutamente il fatto che Jean-Luc sia illegittimo.»

«A voi può non importare, *Madame la Duchesse*, ma importa a *Monsieur le Duc*, e profondamente, sembrerebbe» dichiarò Martin.

Antonia ne fu sorpresa. «Com'è possibile che un grande libertino come *Monseigneur* diventi di colpo la correttezza in persona!?»

Martin sorrise e scosse la testa. «Devo prendervi uno specchio, *Madame la Duchesse*?»

«Uno spe...» Antonia spalancò gli occhi. «*Ça alors*! Che sciocca sono! *Bien sûr! C'est parfaitement logique*. Oh, devo essere stanca per non averci pensato! Grazie, Martin.» Diede un'occhiata a lord Vallentine. «E siccome sono stanca, non voglio più tirare a indovinare. Allora! Uno di voi due mi parli per favore dei genitori di Jean-Luc.»

«Il suo papà non faceva parte di quelli che voi disprezzate, questo è certo» parlò per primo Vallentine. «Da quel poco che so, il padre di Roxton riconobbe Levron fin dall'inizio...»

Antonia rimase a bocca aperta. «Il padre di Jean-Luc è anche il padre di *Monseigneur*? Come ho fatto a non pensarci? Se è così allora sono fratellastri...»

«No, non secondo Roxton» la interruppe con aria cupa Vallentine. «E se vorrete accettare il mio consiglio, non menzionerete mai quel legame in questi termini al vostro duca. Prima di diventare l'amante del *Marquis d'Alston*, la madre di Levron era una *marionnettiste* e faceva parte di una fiera mobile che veniva dalla provincia francese. La madre di Roxton era la figlia del *Comte de Salvan* e il sangue dei Salvan è intriso quanto è possibile di *noblesse* francese, ed era la moglie di Sua Signoria. Due donne con lignaggi talmente diversi che una avrebbe tranquillamente potuto venire dalla luna e l'altra dal sole!»

Antonia si accigliò. Quasi leggendole nella mente, Martin Ellicott riempì il silenzio per offrire maggiori dettagli alla rivelazione di lord Vallentine.

«Il legame di lord Alston con entrambe le donne, moglie e amante, senza tenere conto delle loro origini, alto o basso-locate, non è esistito contemporaneamente, *Madame la Duchesse*. Non conosco l'anno di nascita di Jean-Luc Levron, ma è probabile che abbia una ventina di anni più di *Monsieur le Duc*. Come sapete, lord Alston non si sposò fino a trent'otto anni.» Sorrise dolcemente alla duchessa. «E quando si sposò fu per amore. Fu un marito fedele per la sua giovane moglie.»

Inconsciamente, Antonia cominciò a respirare più liberamente e finalmente sorrise radiosa.

«*Merci*, Martin. *Monseigneur* mi ha parlato dei suoi genitori e del loro matrimonio segreto, ma il riferimento di Vallentine alla *marionnettiste* mi ha confuso, ma solo per un momento, ma non più! È tutto molto interessante e sono lieta di sapere qualcosa di più di Jean-Luc e del suo legame con la nostra casata, anche se la sua esistenza mette a disagio *Monseigneur*. *Ce qui doit être, sera*.» Antonia scosse la testa. «E nonostante non desideri parlare di Jean-Luc che nasce dalla parte sbagliata del letto, non credo che sia lui la ragione dell'attuale preoccupazione di *Monsieur le Duc*.»

Guardò Martin Ellicott per averne conferma.

«Credo che abbiate nuovamente ragione, *Madame la Duchesse*.»

Lord Vallentine era perplesso. «Come potete essere d'accordo con la duchessa, quando tutti noi abbiamo sentito il discorso di Roxton su Levron *e* il suo avvertimento di non parlare più di lui. È chiaro come il sole che Roxton non è preoccupato, sta sputando fuoco tanto è furioso al riguardo!»

Antonia gli diede affettuosamente un colpetto sul braccio.

«Lucian, non dubito che voi siate un ottimo giocatore di dama, ma non siete così bravo a scacchi, vero?»

«Che cos'ha a che vedere la dama con questa faccenda?» E

quando Antonia cercò di nascondere un sorriso, socchiuse gli occhi fissandola. «È quello che vi dice sempre Roxton, eh? Vince sempre a entrambi i giochi. Ma se volete saperlo, io preferisco la dama. Non riesco a rimanere seduto abbastanza a lungo per una decente partita di scacchi.»

«Vi ringrazio per aver alleviato la mia preoccupazione. Ma dovrete credermi quando dico che so di che cosa sto parlando quando si tratta di *Monsieur le Duc*.»

Proprio in quel momento l'orologio sulla mensola batté l'ora. Antonia si alzò meccanicamente, reprimendo uno sbadiglio. Vallentine e Martin la imitarono e la seguirono fuori dalla stanza e verso lo scalone lungo *l'enfilade*.

«Vedrò entrambi nella Galleria domani, dopo la colazione» disse loro Antonia, fermandosi nella pozza di luce di una applique alla base della scala ricurva. «Tornerà *Monsieur* Beauchamp...»

«Cosa? Non un'altra dannata prova?» gemette Vallentine.

«È necessario. Volete vedermi inciampare davanti alle Loro Maestà e mettere in imbarazzo non solo me ma anche *Monsieur le Duc*? No. Quindi continuerò a fare le prove e voi mi dovrete aiutare.»

«Sì, ma domani sarò io Louis e lui dovrà fare la regina!» pretese Vallentine, indicando Martin Ellicott col dito. «Ne ho abbastanza di sventolare un ventaglio!»

Martin e Antonia si scambiarono un'occhiata e dovettero distogliere lo sguardo per paura di scoppiare a ridere.

«È veramente un peccato, Lucian, perché lo sventolate davvero bene» gli disse Antonia con la voce ferma. «Il vostro lavoro di polso è migliore di quello della vera regina e, non lo dubito, della maggior parte delle dame di corte. Anzi, ne sono certa.»

«Lo sventola con perizia, senza dubbio» aggiunse Martin Ellicott.

Sua Signoria per un momento fu fiero e alzò il mento, ma non era un completo credulone. «Potete adularmi quanto volete, ma non cambierà niente. Domani sarò io che appoggerò il mio regale gomito sulla mensola, rappresentando Louis mentre voi proverete e riproverete la vostra riverenza davanti al mio augusto personaggio. Ed Ellicott sventolerà graziosamente il ventaglio rappresentando la regina. Niente discussioni!»

Martin allargò le falde della giacca ed eseguì una perfetta riverenza. «Nessuna discussione da parte mia, *Votre Majesté*. Sarà un grande onore e piacere essere la vostra regina.»

E con quello si inchinò, augurò la buonanotte e salì le scale ad andatura spedita, lasciando Sua Signoria a fissarlo, con la bocca semiaperta e Antonia con la mano sulla bocca e le spalle che si scuotevano in una silenziosa risata.

DIECI

Antonia si svegliò nelle prime ore del giorno e si trovò da sola nel grande letto. Non era insolito per il duca svegliarsi di notte e andare al suo scrittoio passando per lo spogliatoio, per leggere la posta ancora non aperta e scrivere lettere. A volte scendeva nella biblioteca. E quando tornava, si accoccolava sotto le coperte e dormiva ancora qualche ora. La allarmò ciò che c'era di diverso. La sua parte del letto e il suo cuscino erano intatti. Il duca non era stato a letto.

Infilandosi una diafana banyan di seta sopra la camicia da notte di finissimo cotone, Antonia mise i piedi in un paio di pantofole di tessuto che erano accanto al letto e andò nel proprio spogliatoio. Lì, si buttò un po' d'acqua in faccia e rifece la treccia ai suoi capelli lunghi fino alla vita, legandola con un nastro di satin che trovò tra tutto quello che ingombrava il suo tavolo da toletta.

Una delle sue donne, a cui era toccato il turno di dormire nella stanzetta di lato allo spogliatoio della sua padrona, infilò la testa da dietro l'arazzo che fungeva da *portière*. Antonia le disse di tornare a letto poi uscì dall'appartamento alla ricerca del duca, con un candelabro a illuminarle la strada.

Prese la scala segreta per arrivare alla biblioteca, ma il duca non era lì, quindi risalì la scala e percorse *l'enfilade* verso lo spogliatoio del duca, notando appena i domestici addormentati sulle sedie nelle alcove, che si svegliarono all'istante e si affrettarono ad alzarsi al suo passaggio.

C'erano le prove che era stato al suo scrittoio. Su un vassoio c'era un piccolo fascio di lettere, pronto per il corriere del mattino. E accanto al candelabro d'oro con le candele spente c'era un vassoio con i resti di un pasto tardivo. Non la sorprese perché a cena aveva mangiato solo una pera affettata. La caffettiera era fredda quindi era passato un po' di tempo da quando era stato lì. L'orologio d'oro e smalto sulla sua scrivania le disse che mancava un'ora all'alba.

Quindi, dove poteva essere? Sapeva dove sarebbe stata lei, quindi fu lì che andò e fu lì che lo trovò.

La galleria della nursery era calda e i dormienti che la occupavano erano bagnati nella luce arancio della piccola quantità di candele necessaria a fornire un ambiente favorevole al sonno ma permettere comunque ai domestici di vederci e muoversi senza disturbare. Era silenziosa in modo inquietante. Le bambinaie dormivano sotto copertine sulle poltrone di vimini vicino ai piccoli di cui si occupavano mentre le domestiche e bambini più grandi erano addormentati sulle brandine dietro i paraventi. Servitori a entrambi i lati della lunga stanza erano in piedi, sull'attenti davanti alle porte, senza dubbio per via dell'insolita presenza del loro ducale padrone.

Il duca era vicino alla ricca culla del figlio, con la tendina di seta ricamata del baldacchino tirata indietro in modo che potesse vedere meglio il piccolo occupante con le morbide coperte bianche ben rimboccate. Ed era così assorto mentre guardava suo figlio che non si accorse di non essere più da solo.

Antonia andò direttamente da lui e gli prese la mano. Al suo tocco, il duca si voltò lentamente e la guardò. Antonia capì che i suoi pensieri erano stati molto lontani perché non la riconobbe immediatamente. Il duca sbatté gli occhi. Poi sorrise e le sollevò le dita per un bacio, prima di tornare a guardare il bambino. Non parlò per parecchi momenti. E quando lo fece, Antonia scoprì quanto erano lontani e dov'erano i suoi pensieri.

«Mi è mancato non vederlo oggi.»

«Ieri, *mon chéri*. È quasi l'alba di un nuovo giorno.»

«Davvero?» Roxton ne fu sorpreso e restò in silenzio.

Antonia sorrise rivolta alla culla e sospirò felice. Il figlio dormiente aveva le guance rosee e questo le disse che stava dormendo profondamente e già da un po'. Si voltò a guardare il profilo del duca.

«Avete riposato almeno un po' nel vostro spogliatoio?»

«No, non c'era tempo. Andrò a Fontainebleau appena farà luce.»

Era una novità per Antonia. Fece del suo meglio per sembrare imperturbata.

«Starete via a lungo?»

A quel punto il duca la guardò. «Non vorrei stare lontano da voi, o da lui, ma ho delle questioni in sospeso di cui mi devo occupare. Due, forse tre notti al massimo.»

Antonia gli sorrise. «Dovete fare ciò che ritenete necessario. Ci mancherete, ma non c'è niente da fare.»

La sua incondizionata fiducia mirava ad alleggerire e non appesantire il fardello di qualunque cosa lo stesse turbando. Con sua grande sorpresa invece scatenò in lui un torrente di sentimenti repressi, resi ancora più sconvolgenti quando parlò in un aspro sussurro, nel tentativo di tenere bassa la voce per non svegliare il loro figlio.

«Non permetterò che la sua vita sia tormentata dalle mie

follie! Julian è mio figlio ed erede. Voi siete mia moglie, *la mia vita*, e questo è il principio e la fine della faccenda!»

«E voi siete la nostra, *mon amour*. Sicuramente nessuno lo mette in dubbio.»

«Se dovessi morire oggi o domani, o tra dieci anni, mentre lui è ancora minorenne… Giuro sul mio onore che non soffrirà mai il tipo di *deprivazioni* e di *dubbi* che mi sono stati inflitti dal quarto duca.»

«Perché dovrebbe?» rispose Antonia con calma, sforzandosi di ringoiare il panico. Avrebbe voluto allontanarsi dalla culla, temendo che la loro conversazione potesse svegliare il figlio, ma restò perfettamente immobile. «Voi non assomigliate minimamente a vostro nonno. E come vi ho già detto, non vi permetterò mai di lasciarci…»

«Non avrà orribili sorprese» dichiarò il duca, senza rendersi conto di averla interrotta, tanto era deciso a sottolineare quel punto. «Né dubiterà dell'infanzia vissuta con i suoi genitori, per chiedersi se quegli anni felici fossero solo la fantasia di un bambino.»

«Renard, che cos'è successo mentre eravate a Parigi?»

«Lasciate che vi racconti come ho saputo dell'esistenza di Levron» dichiarò il duca, ignorando la sua domanda. «Non ci sono dubbi su chi mi abbia aperto gli occhi! Il quarto duca fu più che lieto di dirmi che non ero il preferito di mio padre e che non lo ero mai stato. Disse che quell'onore apparteneva a un altro… a *un maledetto bastardo francese*, furono le sue parole. Per dimostrarlo, mi mostrò il testamento di mio padre. E lì, nero su bianco c'era un nome che conoscevo bene. Ma accanto a quel nome c'erano delle parole che per me non avevano senso. Naturalmente non credetti a ciò che stavo leggendo. Le parole… dicevano: *che con questo documento riconosco amorevolmente come mio figlio naturale*. Mi costrinse a ripetere quel nome e quella frase e poi a scriverla cento volte in modo da non dimenticare che mio padre aveva un altro figlio, uno che, mi fecero credere, lui amava più di me.»

«*Oh mon cœur*, fare una cosa simile a un bambino che piangeva la perdita del padre, fargli dubitare del suo amore per lui… È terribile oltre ogni dire.»

Lo sguardo del duca tornò all'occupante della culla.

«Sì. Il ragazzino di undici anni adorava suo padre; con la sua morte aveva perso il centro del suo mondo. La rivelazione della paternità di Levron fu-fu *straziante*. E per un breve periodo il quarto duca raggiunse il suo scopo di creare uno strappo in quello che avrebbe dovuto essere un legame indissolubile tra padre e figlio, un legame che lui non aveva mai avuto con suo figlio. Ma non potei, e non voglio farlo ora, condannare mio padre per non avermi detto che il giovanotto timido che lavorava nella nostra biblioteca era il suo figlio naturale. Voglio pensare che se mio padre fosse vissuto me l'avrebbe detto, prima o poi, quando fossi stato abbastanza grande da capire il mondo e le sue… ehm… complessità. Ma per il quarto duca l'esistenza di Levron era un'altra arma da aggiungere all'arsenale di odio usato per piegarmi alla sua volontà.»

Il duca spostò lo sguardo dal figlio a sua moglie.

«Antonia, niente e nessuno deve frapporsi tra Julian e me. E farò tutto ciò che è necessario per assicurarmi che questo legame non possa *mai* essere spezzato.»

Antonia gli toccò la guancia. «Vi credo, *mon chéri*. E so che ci riuscirete. Ma Julian non proverà mai ciò che avete dovuto soffrire voi per mano di vostro nonno. Il quarto duca era un vero mostro che camminava sulla terra, ma era anche un'aberrazione… *Monseigneur*» aggiunse, il ricordo improvviso di una conversazione che avevano avuto il giorno in cui si erano sposati le fece pensare se potesse in qualche modo essere correlata all'attuale stato del duca, che lei trovava ancora disorientante. «Ricordate quando mi avete detto che non vi sareste scusato per il modo in cui avevate vissuto prima che ci innamorassimo?»

«Sì, ma la mia vita, la *nostra vita*, adesso è diversa.»

«Diversa perché adesso abbiamo Julian, *oui*?»

«Ora siamo sposati e sì, abbiamo un figlio. Ammetto di avere condotto la mia vita passata come volevo, senza pensare alle conseguenze che aveva sugli altri.» Fece un sorrisino sghembo. «Ma il matrimonio e la paternità hanno un loro modo di cambiare la visione del passato. Ora capisco che certi particolari di quest'ultimo erano influenzati da un'ingenua arroganza.»

«Renard, io non mi preoccupo per il vostro passato. È finito. Tutto ciò che conta è il vostro presente e il vostro futuro... con *me*.»

«Ben detto, *mignonne*.»

L'attirò tra le braccia e con le sue curve contro di sé respirò il profumo dei suoi capelli e il suo cuore si acquietò. Chiuse gli occhi e abbassò la testa per sussurrarle all'orecchio: «Vi amo, *ma petite conseillère*.»

«E io amo voi, con tutto il cuore, *vous êtes l'amour de ma vie*.»

Condivisero un dolce languido bacio e poi furono contenti di restare fermi e in silenzio, abbracciati, godendosi il momento e la quiete tutta intorno. Ma quando Antonia dopo un po' fece un passo indietro, il duca la lasciò andare. Antonia lo guardò con una ruga tra le sopracciglia.

«Renard, vi ho detto una volta che avrei sempre preferito la verità, per quanto potesse farmi male. Lo credo ancora. Voglio che mi diciate sempre la verità. Voglio che mi diciate che cos'è successo a Parigi quando siete andato a trovare Estée...»

«*Mignonne*, non chiedetemelo adesso. Quando tornerò da Fontainebleau...»

«Che cosa vi impedisce di dirmelo prima di partire?»

«Dopo la mia visita a Fontainebleau avrò un'idea più chiara di che cosa dovrò affrontare.»

Antonia mise il palmo della mano sul davanti della sua banyan di seta, dove poteva sentire il forte battito del suo cuore attraverso i muscoli duri e gli sorrise. «Voi potrete, certo, ma io no, *mon cher mari*. Io resterò qui a preoccuparmi e a chiedermi che cosa sta pesando così forte qui, sul vostro cuore. Perché non potete dire a vostra moglie che cosa vi preoccupa tanto? E se lascerete che io cerchi di indovinare e poi... *Dio non voglia*... vi succedesse qualcosa? *Voi* non potreste mai perdonarvi. L'eternità è un tempo molto lungo per provare rammarico e per desiderare di esservi confidato con me, *oui*?»

Il duca sorrise e le prese le dita per premere le labbra al centro del suo palmo. «Avete sempre un modo meraviglioso di mettere tutto in prospettiva, *ma fée*.»

«È vero! Quindi parlate.»

Il duca perse il sorriso, la guardò nei limpidi occhi verdi e c'era una tale profondità di sentimenti nel suo sguardo scuro che Antonia non osò respirare. E quando il duca parlò le parole uscirono roche.

«Mi dicono che la contessa di Duras-Valfons ha messo al mondo un figlio sano all'inizio della primavera.»

Antonia aggrottò la fronte, perplessa, ma quando il duca non disse altro, tornò con la mente a quando era a Versailles e viveva con suo nonno, dove aveva spesso visto il duca accompagnato dalla bella e statuaria contessa, che, a quel tempo, era la sua più recente amante. E con in mente l'immagine della duchessa appesa al braccio del duca suo amante, la sua testa si riempì di date e numeri e calcoli. Quei calcoli si scontrarono come due nuvole nere in una tempesta per formare una possibilità. Respirò di colpo forte, capendo, con la gola che bruciava secca.

«Il suo bambino è vostro.» Non era una domanda.

«È ciò che sostengono e il motivo per cui andrò a Fontainebleau.»

«Che cosa intendete fare?»

«Per difendere il mio onore e proteggere la mia famiglia, tutto ciò che servirà.»

«Sì, certo, ma il bambino. Lui è innocente. Che cosa intendete fare con lui?»

«Se ciò che sostiene la contessa dovesse dimostrarsi vero...? Non ne ho la minima idea. E *questa* è la verità.»

UNDICI

QUALCHE ORA dopo la partenza del duca di Roxton per Fontainebleau, un corriere in livrea recapitò un invito per *Madame la Duchesse de Roxton* a partecipare a una *soirée* alla casa di Versailles della *Marquise de Touraine-Brissac*, la vecchia zia conosciuta come *Tante Philippe*. La lettera che accompagnava l'invito spiegava che la riunione improvvisata era per i membri della famiglia che arrivavano da Parigi per il ritorno della corte a palazzo.

Tante Philippe si scusava per non aver dato a *Madame la Duchesse* più tempo per organizzare i suoi obblighi sociali e che avrebbe capito se aveva già preso altri impegni per la serata, ma che sperava sinceramente che la moglie di suo nipote potesse aggiungere una visita ai suoi parenti Salvan che erano tutti desiderosi di rifare la sua conoscenza prima che gli obblighi di corte si intromettessero nel loro tempo libero.

Una delle sue donne si era precipitata con l'invito nella rumorosa Galleria mentre Antonia era in fondo dall'altra parte, lontana dalla nursery sempre molto vivace, nel bel mezzo delle prove per la sua presentazione a corte, mentre il maestro di ballo e protocollo, *Monsieur* Beauchamp, la guardava con occhio critico.

La duchessa stava facendo una riverenza impegnativa a Martin, che, come regina di Francia, stava debitamente sventolando il suo ventaglio e apparendo regale, mentre lord Vallentine aveva il mento per aria e aveva assunto un'aria sufficientemente arrogante come re di Francia, col gomito appoggiato alla mensola e un fazzoletto di pizzo nella mano floscia.

Non volendo perdere la concentrazione e fare un errore, con il risultato che *Monsieur* Beauchamp l'avrebbe fatta ricominciare da capo tutto il rituale, Antonia disse alla sua cameriera di dare l'invito a Sua Maestà che lo avrebbe aperto e letto. E quando la donna restò lì, senza capire, Sua Signoria sbuffò e disse impaziente che lui era Louis, re di Francia e di sbrigarsi! Prese l'invito e la lettera dal vassoio e, con un gesto di imperiosa impazienza, degno di un re Borbone, congedò la cameriera stupita, dicendo che se c'era un corriere che aspettava la risposta, avrebbe dovuto aspettare i comodi di Louis.

Lieto di avere finalmente una scusa per abbassare il mento, Sua Signoria fu anche felice della distrazione. Essere il re di Francia era un lavoro faticoso.

Riconobbe lo stemma della casata dei Touraine-Brissac sul sigillo nero sia dell'invito che della lettera, dato che conosceva bene le vecchie zie e la loro progenie grazie ai rapporti di sua moglie con i suoi parenti Salvan, sia per lettera che di persona. L'aveva accompagnata con riluttanza a molte delle *soirée* della famiglia Salvan, non essendo mai riuscito a trovare una scusa adeguata per declinare. Quindi un invito per Antonia a partecipare a una simile riunione avrebbe dovuto essere una cosa solita e, a parte il puro sollievo che l'invito non fosse per lui, non c'era motivo per pensarci. Ma lo preoccupava e lo insospettì per due motivi.

In tutte le volte in cui aveva visitato le vecchie zie, non era mai successo che *Tante Philippe* ospitasse una riunione di famiglia. Lasciava che ci pensasse sua sorella, la *Comtesse de Chavigny*, *Tante Victoire*. Tutti nella famiglia Salvan erano penosamente consci dell'avarizia di *Tante Philippe*. In famiglia dicevano scherzando che se fosse riuscita a farla franca, *Tante Philippe* avrebbe fatto pagare ai servitori il privilegio di servirla. La triste voce che girava era che i suoi servitori più devoti aspettavano la loro paga da oltre un anno e si aggrappavano ai loro impieghi nella speranza di essere un giorno pagati. *Tante Philippe* non faceva distinzioni. Trattava allo stesso modo i commercianti, i mercanti, le modiste e il suo medico personale.

La seconda cosa che preoccupava lord Vallentine riguardo a quel particolare invito era che era arrivato solo qualche ora dopo la partenza del duca per Fontainebleau, la prima notte che passava lontano da sua moglie e da suo figlio. Non riteneva impossibile che una delle vecchie zie invitasse la duchessa avendo in mente l'assenza del duca. Probabilmente stavano aspettando una simile opportunità in modo da avere la duchessa tutta per loro, senza dover sopportare la presenza del duca. Roxton trovava sempre il modo di irritare i suoi parenti Salvan e con l'esilio del *Comte de Salvan*, i rapporti tra nipote e vecchie zie erano a dir poco tesi.

Se fosse stato per lui, avrebbe gettato l'invito di *Tante Philippe* nel camino e non ci avrebbe più pensato. Era sicuro che il duca lo avrebbe ringraziato. Ma gli capitò di guardare Antonia e cambiò idea. Si stava concentrando a perfezionare la sua uscita dalla presenza di Sua Maestà, scivolando lentamente all'indietro e nel frattempo scalciando con il tacco lo strascico del vestito, in modo da non inciampare nei piedi e nell'abito. Era una messa in scena impegnativa e, secondo Vallentine, ridicola, che richiedeva a quelli che venivano presentati di avere gli occhi anche dietro la testa. E il tutto era reso ancora più ansiogeno e pericoloso con l'intera corte che guardava e con la maggior parte dei presenti che sperava in un errore o una caduta.

Lui non avrebbe esposto sua moglie a un calvario simile per tutto il caffè della Persia!

E anche se non era compito suo commentare o chiedersi perché Roxton fosse deciso a sottoporre la sua duchessa a una presentazione a corte, lo preoccupava che lei stesse passando una straordinaria quantità di tempo a prepararsi. E quando non era impegnata nelle severe lezioni sul comportamento da tenere a corte, sotto l'occhio critico di *Monsieur* Beauchamp, prestava le sue cure materne all'infante ducale, per non parlare dell'impegno di gestire una casa. Quando, secondo lui, tutto ciò che avrebbe dovuto fare era godersi la vita. Era il duca che gli aveva ricordato che alla stessa età della sua duchessa, loro due erano allegri buffoni senza un pensiero al mondo. Antonia aveva bisogno di allontanarsi per un po', di una distrazione da tutto quel pomposo protocollo e dal trambusto della maternità.

La sua scelta era chiara.

Si sarebbe sacrificato all'altare del dovere di famiglia, avrebbe rinunciato a una tranquilla serata a casa sfogliando gli ultimi giornali inglesi e avrebbe accompagnato sua cognata alla *soirée* all'-Hôtel Touraine-Brissac. Era il minimo che potesse fare. Inoltre Antonia non avrebbe ovviamente potuto andare da sola. Aveva giurato al suo migliore amico di proteggerla e tenere al sicuro lei e la piccola signoria ogni volta che Roxton era lontano da casa. Ma non avrebbe affrontato il sacrificio da solo. Se doveva impegnarsi in una serata in compagnia delle vecchie zie, e senza sua moglie lì per difenderlo dalla loro rete di intrighi, allora aveva bisogno di un secondo.

«Verrete con noi» dichiarò a Martin Ellicott cinque minuti dopo aver consegnato l'invito ad Antonia, mentre erano seduti nell'aranciera a bere caffè e mangiare dolci al sole d'inverno. «Niente discussioni.»

Antonia sollevò gli occhi dalla lettera di *Tante Philippe* con un sorriso radioso. Si era tolta l'abito di corte e i pannier sovradimensionati e indossava una giacca Caraco di seta a fiori e un abito di seta rosa imbottita. «Oh, è un'idea eccellente, Lucian. Martin, dite che verrete!»

«Non avevo intenzione di rifiutare, *Madame la Duchesse*» rispose Martin, inclinando la testa con un'occhiata di sottecchi a Sua Signoria. «Sarebbe un onore e anche il primo impegno ufficiale nelle mie nuove, ehm, condizioni.»

«Non siate troppo entusiasta» gli disse Vallentine, allungando la mano versa un'altra *pâte à choux*. Morse il pasticcino ripieno di crema. «*Tante Philippe* è notoriamente tirchia. Non si riesce a strapparle un soldo dal pugno. Quindi non aspettatevi molto in tema di rinfreschi o intrattenimento. Anche se» rifletté, leccandosi la crema dalle labbra, «dato che questa è la vostra prima volta in loro compagnia, probabilmente vi divertirete.» Raddrizzò la sua lunga figura, sedendosi più eretto e aggiunse con un sospiro esausto: «Il loro fascino svanisce in fretta, lasciatemelo dire. Non vi biasimerei se fuggiste dal salotto e mi raggiungeste in fondo al giardino.» Sorrise impacciato. «È dove sarò io e dove andrò alla prima opportunità e dove resterò, facendomi gli affari miei finché sarà ora di salutare. Estée quasi non nota la mia assenza.»

«Lucian, non so se posso accettare» disse Antonia, appoggiando l'invito e la lettera accanto alla tazza di porcellana. «È per questa sera, quindi non ho tempo di mandare qualcuno all'Hôtel a prendere uno dei miei vestiti. Tutto ciò che ho portato da Parigi sono questi vestiti semplici…»

«*Semplici?*» Lord Vallentine sbuffò. «Non hanno niente di semplice! Sono molto belli e nessuno oserebbe dire il contrario. Potreste indossare ciò che portate adesso e nessuno dei parenti Salvan batterebbe un ciglio. Anche se le vecchie zie diventeranno verdastre per l'invidia vedendo che Roxton non bada a spese quando si tratta del vostro guardaroba.»

«Sua Signoria ha ragione, *Madame la Duchesse*» confermò Martin. «Il vostro Caraco e l'abito non sarebbero fuori posto in nessun salotto, specialmente visto che questo invito dice che la *soirée* è un affare di famiglia...»

Vallentine schioccò le dita. «Giusto! Martin ha colpito nel segno! Dato che sarà presente solo la famiglia, dubito che le vecchie zie andranno a recuperare i loro gioielli dal caveau e certamente non sprecheranno soldi per nuovi vestiti solo per impressionarsi a vicenda, ricordate ciò che vi ho detto sulla tirchieria di *Tante Philippe*.»

«Non l'ho dimenticato, Lucian, ma *voi* avete dimenticato che la corte è ancora in lutto per la *Dauphine*?» ribatté Antonia. «E finché Sua Maestà non dirà il contrario, tutti si devono vestire di nero, in ogni occasione. L'intera città, negozi, carrozze, perfino le portantine, è tutto drappeggiato a lutto. L'avete certamente visto andando e venendo dalla *Grande Écurie*. È tutto molto tetro. Ma *Monsieur le Duc* dice che non è necessario che ci vestiamo a lutto quando siamo in casa. È solo quando esco e, ovviamente, per la mia presentazione. Quindi forse sarà lo stesso per questa *soirée* perché andremo a trovare la famiglia, anche se richiederà di uscire?» Sospirò. «Vorrei che *Monseigneur* fosse qui per consigliarmi. Lui lo saprebbe.»

Vallentine non lo disse ma dubitava molto che ci sarebbe stato un invito a una *soirée* dei Salvan se il duca fosse stato a casa.

«Forse avete ragione» le disse Sua Signoria, «ma secondo me, dato che *Tante Philippe* è nota per essere tirchia e le sue sorelle non hanno un soldo tra tutte loro, avranno limitato la spesa degli abiti neri allo stretto necessario. E non sprecheranno gli abiti a lutto se c'è presente solo la famiglia. Perché dovrebbero? Non devono uscire. E chi non vorrebbe indossare un abito che non sia nero nella propria casa, lasciando quelle cose tetre per gli occhi del pubblico. Che ne pensate, Ellicott, lo trovate ragionevole?»

«Sì, milord. *Madame de Touraine-Brissac* nel suo invito dice che è una riunione improvvisata. Farebbe pensare che anche gli inviti agli altri membri della famiglia siano stati mandati tardi. Penso che quelli che parteciperanno indosseranno qualunque cosa abbiano a porta di mano e ciò che sono abituati a indossare quando sono *en famille*.»

«Ecco! Non avrei potuto dirlo meglio io stesso. Anche se credo di averlo detto. Non importa! Ciò che importa è che sarà meglio indossare qualcosa di vagamente estivo...»

«In autunno?» Antonia era stupefatta. «Così anche voi avrete un motivo per vestirvi di nero quando morirò dal freddo? Fuori fa quasi abbastanza freddo da gelare l'acqua dello stagno!»

«Ma portate dei vestiti estivi qui alla villa...»

«Avrete notato che abbiamo *quattro* stufe olandesi e quindi» aggiunse Antonia con un gran sorriso, «qui dentro è sempre estate.»

«Aha! Ma ciò che non sapete, *chère belle-sœur*, è che anche se non riuscirete a cavare un soldo da *Tante Philippe*, lei non risparmia sul combustibile per i suoi camini. Tiene le stanze più calde di uno scaldino pieno di carboni ardenti.» Fece una smorfia e rimuginò: «Dev'essere un tratto Salvan che ha ereditato anche Roxton, questo bisogno di riscaldare troppo le case». Si chinò in avanti e guardò Antonia e poi Martin e abbassando la voce aggiunse: «Gira voce che lei si stia preparando per l'aldilà».

«Riscaldando le stanze?» lo interruppe Martin Ellicott sorpreso, con un'occhiata di sottecchi alla duchessa che stava fissando Sua Signoria con la stessa perplessità. «È... straordinario.»

Vallentine mantenne il volto impassibile, aggiungendo sempre in un sussurro: «Non quando sai che nell'aldilà passerai l'eternità...» indicò il pavimento di lastre di pietra, «laggiù, perché non sarai la benvenuta...» puntò il dito verso l'alto, «... lassù».

Antonia e Martin scoppiarono a ridere.

DODICI

QUALUNQUE perplessità avesse lord Vallentine riguardo alla tempistica dell'invito alla *soirée* dei Salvan mentre il duca era assente evaporò vedendo Antonia scendere lo scalone. Aveva una sola parola per descrivere il suo aspetto e si ritrovava a usarla spesso quando si trattava di sua cognata: mozzafiato.

Era ovvio che aveva scelto con molta cura un *ensemble* sobrio, eppure la scelta dei tessuti e delle decorazioni proclamava il suo rango come moglie del più preminente nobile del Regno Unito. La sua giacca *pet-en-l'air* di lucente broccato di seta avorio era riccamente ricamata con tralci di fiori colorati ai grandi polsini, le pieghe dietro e alle falde laterali. Nella scollatura quadrata era inserito un *fichu* di organza bordato di pizzo, incrociato sul petto ampio. Le falde laterali della giacca si allargavano sopra un abito di seta, sostenuto da un cerchio, del verde più pallido che aveva solo un volant arricciato all'orlo.

Le scarpine di seta sui piedi calzati di bianco erano dello stesso tessuto, avevano lo stesso ricamo della giacca e un tacco di cinque centimetri per compensare la sua piccola statura. Quanto agli accessori, dal polso pendeva un ventaglio dipinto a *gouache*; alla gola, un singolo giro di perle. I capelli colore del miele erano acconciati semplicemente con una moltitudine di trecce con nastri di satin della stessa tonalità di verde dell'abito di seta, avvolte strettamente intorno alla testa e tenute a posto da molti spilloni. Un pettine *aigrette* sopra l'orecchio sinistro era tempestato di piccoli diamanti che scintillavano alla luce delle candele.

Martin Ellicott, che era di fianco a lord Vallentine e aveva anche lui la testa alzata per ammirare la discesa della duchessa, diede voce a ciò che entrambi pensavano, dicendo con un sospiro di felicità: «Nessuno può rivaleggiare con la sua bellezza...»

«Con il suo volto e la sua figura potrebbe trasformare un sacco in un vestito alla moda!» disse Vallentine sottovoce, sbuffando un po' e distolse lo sguardo quando un domestico sollecito gli si avvicinò, offrendogli la spada e il cinturone. Poi continuò sottovoce: «*Psst, Ellicott.* Stasera dovremo stare all'erta! Non mi fido di quelle sorelle Salvan. Quell'invito mi ha fatto pensare mentre mi stavo vestendo. E non mi stupirebbe se le vecchie zie avessero orchestrato questa riunione di famiglia in modo che *lei* possa fare la conoscenza di Montbelliard senza la presenza del duca...»

«... perché lui non è riuscito nel suo tentativo di farlo qui?» Martin era sorpreso ma non troppo. «Capisco che cosa intendete e ammetto che dovremo prestare attenzione. *Monsieur le Duc* non sarà contento...»

«Sarà furioso, ma adesso non possiamo esimerci dal partecipare. Lei se lo aspetta. Ma possiamo limitare i danni, accertandoci che uno di noi le stia sempre al fianco, eh?»

«Certamente, milord. È un saggio suggerimento... *Madame la Duchesse*!» disse Martin a voce alta, interrompendo la sua conversazione a bassa voce con lord Vallentine perché Antonia era venuta diritta da loro. «Come sempre la bellezza in persona. E le perle sono state una scelta saggia per una riunione di famiglia. *Monsieur le Duc* approverebbe certamente.»

Antonia guardò Vallentine e poi Martin, non molto convinta.

«Stavate parlando di tutt'altro, me lo dice la faccia di Lucian, ma potrete dirmelo più tardi. Per ora, concentriamoci su questa piccola visita alle vecchie zie. E comunque, grazie Martin. Le mie donne hanno tentato di farmi indossare una quantità di gioielli, ma ho detto no. Non voglio mettere a disagio le vecchie zie sbattendo sotto il loro naso la grande ricchezza di *Monsieur le Duc*. È molto generoso con me e se fosse qui, indosserei uno o due pezzi in più per fargli piacere. Purtroppo non c'è...» Antonia sospirò. «Mi manca, e ancora di più stasera...» Si sforzò di sorridere. «E quindi ho indossato solo le perle.»

Martin si fece da parte per permettere al maggiordomo di appoggiare sulle spalle di Antonia un mantello foderato di pelliccia, mentre Sua Signoria andava allo specchio nell'angolo del foyer per sistemare cinturone e spada con sua soddisfazione. Nel frattempo, la cameriera personale di Antonia, Gabrielle, che indossava già il mantello e con il manicotto della duchessa in mano, andò direttamente alla carrozza sotto la *porte-cochère* per assicurarsi che fosse tutto pronto per la sua signora.

«C'è un mattone caldo in carrozza, per i vostri piedi» Vallentine informò Antonia, mentre lo infilavano in una *roquelaure* foderata di scarlatto. «Non voglio che Roxton mi incolpi per avervi fatto diventare le dita blu.»

«Non sono le mie dita che mi preoccupano, ma la punta del naso! Ora sbrigatevi, per favore. Non voglio essere in ritardo» disse voltando la testa mentre seguiva Gabrielle in carrozza, al braccio di Martin Ellicott.

«È alla moda essere in ritardo, sapete» ribatté Vallentine, salendo nell'interno rivestito di velluto della carrozza del duca di Roxton, la seconda in ordine di ricchezza, per sedersi accanto a Martin Ellicott. «Roxton fa apposta ad arrivare in ritardo a ogni evento cui partecipa.»

«Sì. E fa sempre una splendida entrata» disse fiera Antonia e guardò Martin. «Un giorno, presto spero, vedrete quant'è splendido l'arrivo di *Monseigneur* e come conquista il pubblico. *Il est éblouissant.*»

«Aspetto con piacere quel giorno, *Madame la Duchesse*» rispose Martin Ellicott. «Confesso che negli anni ho spesso desiderato vedere il risultato, nel suo splendore sartoriale, della piccola parte da me svolta.»

«Beh, vorrei che fosse qui in modo che poteste farlo, Ellicott» disse lord Vallentine e bussò con le nocche sulla parete, segnalando al cocchiere che poteva partire. Appoggiò le spalle contro il rivestimento imbottito e guardò Antonia con una smorfia sul viso. «Non avete mai detto perché ha dovuto andare di corsa a Fontainebleau.»

«No, ma forse potrei ricordarmi il perché se mi diceste che cosa stavate sussurrando voi due nel foyer mentre scendevo le scale.»

Quando Vallentine e Martin Ellicott si guardarono senza osare cambiare espressione, con le bocche serrate, Antonia ridacchiò portandosi la mano guantata alla bocca.

«Aha! Visto come vanno le cose, mi permetterete di guardare fuori dal finestrino e non mi farete più domande su *Monsieur le Duc.*»

Il viaggio della carrozza verso l'Hôtel Touraine sulla rue de la Paroisse era di breve durata. La Villa Roxton con i suoi vasti giardini e confinante con il parco reale era alla periferia della nuova cittadina che però era stata progettata per non essere molto più vasta di un grande villaggio, quindi si arrivava in fretta da un posto all'altro. In effetti, Antonia avrebbe tranquillamente potuto essere trasportata a destinazione nella portantina regalatale al suo compleanno. Ma avrebbe significato che Sua Signoria e Martin Ellicott avrebbero dovuto andare a piedi o a cavallo di fianco a lei e lasciare Gabrielle alla villa.

Lord Vallentine aveva insistito perché portasse con lei almeno una delle sue donne e dato che era un ricevimento serale con le ore del giorno che diventavano sempre più corte, non voleva correre il rischio di tornare alla villa al buio senza una scorta. Roxton non lo avrebbe mai perdonato se fossero stati fermati o se fosse successo qualcosa alla portantina di Antonia nell'oscurità. Quindi l'unico modo per viaggiare era in carrozza.

Antonia considerava eccessivo avere postiglioni in livrea che accompagnavano la carrozza, davanti e dietro, ma Vallentine non aveva accettato discussioni, dicendo che era ciò che si sarebbe aspettato Roxton. Antonia non ribatté. Era troppo eccitata all'idea di uscire per la serata che era felice di qualunque cosa decidessero per lei.

Pochi minuti dopo la processione ducale lasciò rue des Réservoirs e svoltò in rue de la Paroisse. Una strada molto più stretta, ai due lati ville color avorio, con gli scuri e le porte azzurre, congestionata da una quantità di carrozze e portantine fin dove arrivava l'occhio. Questo rallentò notevolmente il progresso della carrozza ducale e fece sì che Antonia guardasse fuori dal finestrino chiedendosi se ci fosse stato un incidente.

E quando la carrozza si fermò completamente, Sua Signoria abbassò il finestrino e sporse la testa incipriata. Gridò a uno dei postiglioni di andare avanti e informarsi di che cos'era tutto quel trambusto.

Poi richiuse il finestrino per tenere fuori il freddo e si gettò contro lo schienale.

«Si potrebbe pensare che questa gente potesse concordare i loro calendari sociali in modo da tenere le loro *soirées* in sere diverse! Ma no! Devono cercare di superarsi a vicenda la stessa sera.»

«Con la corte che torna da Fontainebleau alla fine della settimana» commentò Martin, «sembra che i cortigiani siano decisi a godersi i loro ultimi giorni di libertà prima di riprendere i loro doveri.»

«Doveri? Bah! Essere un cortigiano dev'essere un lavoro terribilmente noioso» opinò lord Vallentine, con una smorfia, come se avesse assaggiato qualcosa di acido. «Restare lì tutto il giorno solo per poter porgere un guanto, o un fazzoletto, o un piatto di-di *anguille*, al vicino, che poi lo passa al prossimo tizio di rango superiore e così via finché arriva a Sua Maestà, secondo la mia ponderata opinione è una suprema idiozia.»

«Ma, milord, certamente i nostri cugini francesi si sentono ampiamente ricompensati dall'onore che viene loro concesso, maneggiando un guanto reale e, uhm, un piatto di anguille?» rimarcò Martin con un lieve sorriso. «Non tutti hanno quel privilegio...»

«Ricompensati? Privilegio? Ah!» sbottò Vallentine, abboccando all'amo. «Non secondo me! E non mi importa chi lo sente, è un mucchio di stupidaggini da sicofanti, che nessun inglese accetterebbe alla corte di St. James. Datemi un George tedesco che sa qual è il suo posto e accetta i consigli dei suoi ministri, non un mucchio di idioti profumati e saltellanti...»

«... che portano un piatto di anguille» lo interruppe scherzosamente Martin.

«Lucian, state definendo *Monseigneur* un idiota?» gli chiese Antonia, distogliendo lo sguardo dalla vista della stessa villa, con la carrozza completamente ferma, per guardare suo cognato con le sopracciglia inarcate.

«Eh? Co-cosa? No. No! Ovviamente no! Non mi stavo riferendo al duca! Maledizione! Adesso state ridendo entrambi di me!»

Antonia scosse la testa e nascose la risatina dietro il ventaglio, ma non poteva nascondere il divertimento negli occhi verdi. Finalmente riprese il controllo e disse solennemente: «È stato molto *méchant* da parte mia e chiedo scusa». Poi chiese: «Lucian, avete preso in considerazione la possibilità che tutta questa gente e queste carrozze possano partecipare alla stessa *soirée* in un Hôtel in questa strada o vicino e che sono le vecchie zie che hanno organizzato la loro *soirée* in contemporanea con quest'altro evento?»

Lord Vallentine sobbalzò, come se non ci avesse mai pensato e poi scoppiò a ridere. «Ah-ah. Sì, e scommetterei che *Tante Philippe* non aveva ricevuto un invito a questo altro *rassemblement* e che quindi, per ripicca, ne stia tenendo uno lei. Spiegherebbe il breve preavviso e il fatto di aver aperto il borsellino per finanziare la sua bisboccia.»

«*Voilà pourquoi*. Il mistero è risolto» annunciò Antonia e rivolgendo un sorriso malizioso a Martin, disse sospirando a Sua Signoria: «E adesso possiamo pensare a una noiosa serata con tutti gli idioti di corte».

TREDICI

QUANDO GLI occupanti della seconda miglior carrozza del duca di Roxton finalmente scesero sotto la *porte-cochère* dell'Hôtel Touraine, furono salutati da un contingente di domestici non agghindati con la solita livrea di una casa nobile, ma vestiti interamente di nero. Non era sorprendente, dato che l'intera città era in lutto, ma qualcosa nella loro espressione terrorizzata preoccupò lord Vallentine.

In effetti, il traffico insolito incontrato in questa strada aveva alimentato i suoi dubbi. L'andare e venire di carrozze e portantine era straordinario e svoltando sotto la *porte-cochère* notò anche un grosso contingente di portantini radunati in un angolo. Si chiese se non fossero loro i soli ospiti a questa *soirée*, e che era probabilmente l'evento che la duchessa aveva immaginato potesse svolgersi in quella strada stava effettivamente avvenendo proprio sotto quel tetto.

L'occhiata furtiva del portinaio mentre toglievano loro i mantelli e la *roquelaure* aumentò i suoi sospetti.

Tutto quello per Sua Signoria significò che la faccenda puzzava, come un merluzzo lasciato al sole di mezzogiorno. Poteva sembrare a posto in lontananza, ma più ci si avvicinava più la puzza aumentava. La sua ansia lo portò a rassicurare Antonia, servendo solo a metterla all'erta e indusse Martin Ellicott a chiedersi che cosa stesse veramente succedendo.

Abbassandosi sull'orecchio della duchessa mentre salivano lo scalone seguendo il maggiordomo, lo sentì sibilare forte: «Solo perché i domestici hanno la livrea a lutto non significa che il resto della famiglia sarà vestito di nero».

Ma era così, tutti e dieci.

Le vecchie zie e i membri della loro famiglia si erano posizionati sotto il lampadario centrale nel secondo dei due salotti, con le donne sedute su sedie dagli schienali rigidi e i gentiluomini dietro di loro. Sembravano sistemati per un ritratto di famiglia, ma in giro non c'era il necessario pittore con un cavalletto.

Non solo gli abiti delle donne erano di lana nera ma il pizzo ai gomiti, i ventagli, le calze e i nastri erano neri e anche i gioielli che si vedevano erano di giaietto. Anche i gentiluomini indossavano completi di lana nera con i bottoni del gilè e della giacca coperti di tessuto nero. Le cravatte erano di seta nera, così come i fazzoletti da taschino e i nastri di satin nei capelli.

Se non fossero stati sotto il riverbero del lampadario, Antonia avrebbe faticato a vederli perché anche le pareti tra le alte finestre erano drappeggiate con grandi teli di tessuto nero e le tende di velluto nero erano tirate contro la luce morente del pomeriggio. Ma non poté non vedere le loro espressioni alla luce delle candele. Qualunque fosse la loro età, dai sedici ai sessanta anni, ciascuno di loro aveva un'espressione cupa.

Il maggiordomo si fermò all'ingresso del grande salotto e annunciò i nuovi arrivati e tutte le donne, perfino quelle anziane, si alzarono insieme, ma tutte restarono dov'erano e la loro espressione non cambiò.

Prima di raggiungere il secondo salotto, lord Vallentine afferrò la manica di Antonia. Riusciva a malapena a contenere la sua rabbia.

«Lasciate che pensi io a occuparmi di questa-questa *embuscade*» disse a denti stretti.

«No, Lucian» disse Antonia sottovoce. «Non dobbiamo far loro capire che ci turba...»

Vallentine non aspettò il resto della sua obiezione. Era troppo arrabbiato. Entrò nel secondo salotto, con Martin Ellicott che lo seguiva meccanicamente. Antonia li avrebbe seguiti ma fu distratta da qualcuno che sibilava forte il suo nome. Voltò la testa per guardare chi fosse e lì, nell'angolo in fondo, con la testa che sporgeva da una porta nascosta nella boiserie, c'era la sua cameriera personale, Gabrielle.

«*Madame la Duchesse*! Venite! Per favore! Da questa parte!»

Antonia si fermò, sorpresa e indecisa. Quindi Gabrielle la implorò di nuovo, questa volta con un gesto che non era possibile fraintendere: la duchessa doveva sbrigarsi.

Incuriosita, Antonia andò verso la porta segreta per chiedere a Gabrielle che cosa ci faceva lì quando la porta si spalancò.

«Perdonatemi, *Madame la Duchesse*, non potevo farne a meno.»

E con quelle parole, Gabrielle afferrò la sua padrona per il polso e la tirò attraverso l'apertura. Mentre lo faceva, qualcuno sfiorò Antonia diretto nella direzione opposta, verso il salotto. La porta segreta si chiuse e svanì nuovamente nella boiserie. Per chiunque fosse nel salotto, era come se la duchessa fosse sparita.

Dall'altra parte della porta, Antonia e Gabrielle erano al buio. Ma non erano sole.

QUATTORDICI

C'ERA UN'UNICA candela tremolante appena fuori dalla portata dei piedi di Antonia sullo stretto pianerottolo di una scala a chiocciola. Quando la sua vista si adattò al buio, nel lieve lucore della candela apparve il volto di una donna matura. Sembrava familiare, eppure Antonia sapeva che era una sconosciuta.

«Dobbiamo sbrigarci, *Madame la Duchesse*» sibilò. «Sophie dirà che siete indisposta, ma non potrà trattenerli per sempre. Venite!»

Quando Antonia esitò, Gabrielle le sussurrò all'orecchio: «Potete fidarvi di questa donna. È mia sorella Giselle. Per favore, *Madame la Duchesse*. Sarà tutto chiaro, ve lo prometto».

Se Antonia aveva avuto un momento di panico, evaporò alla luce delle rassicurazioni della sua più fidata e fieramente devota cameriera. Senza più esitare, sollevò l'orlo dell'abito di seta e attentamente e con calma seguì Giselle sulla scala a chiocciola che scendeva verso il piano ammezzato.

Il *petit appartement* dal soffitto basso aveva pochi mobili e una serie di piccole finestre ad arco attraverso le quali filtrava la luce invernale. Senza un fuoco acceso e senza riscaldamento, quella parte della casa era umida e fredda. Giselle continuò verso una seconda stanza, dove erano accese parecchie ma non tutte le candele delle applique. C'erano due sedie e un piccolo tavolo da lavoro contro una parete e, in un'alcova, un letto con le tende tirate.

Antonia rabbrividì, la giacca estiva e il vestito erano inadeguati per una stanza senza riscaldamento. La curiosità sul motivo per cui era lì e il suo interesse in ciò che le stava intorno le fecero dimenticare il disagio e si guardò attorno. Si chiese se avrebbe dovuto sedersi su una delle sedie, quando una giovane donna, più o meno della sua età e tutta vestita di nero, si precipitò nella stanza arrivando da una terza camera comunicante.

«Per-perdonate il nostro stratagemma, *Madame la Duchesse*» disse senza fiato la giovane donna, come se avesse corso per tutto il tragitto. Sprofondò in una riverenza. «Ma dovevo-dovevo parlare con voi perché mia nonna è decisa a farmi sposare un uomo due volte vedovo. Ma io amo Hubert. *Grand-mère* si rifiuta di ascoltarmi e mio padre dice che non posso sposare Hubert finché le sue prospettive sono in un limbo, cosa che non capisco perché un giorno Hubert diventerà un conte. È solo che non è oggi né sarà domani, quindi non basta per mia nonna o mio padre!»

«Mi dispiace per le vostre difficoltà» disse con calma Antonia, cercando di dare un senso all'aggressione verbale della giovane donna e acutamente conscia di essere stata in effetti rapita da queste donne. «Ma niente di ciò che avete detto risponde alla questione della mia presenza qui e che cosa vi aspettate da me. Non conosco nemmeno il vostro nome! Anche se i vostri occhi azzurri mi dicono che siete una Salvan, *oui*?»

«Perdonatemi, *Madame la Duchesse*. Sono Elisabeth-Louise Salvan Gondi Touraine, la figlia più giovane del *Duc de Touraine* che è figlio di *Madame Touraine-Brissac*...»

«*Tante Philippe* è la vostra *grand-mère*?»

«Purtroppo sì, *Madame la Duchesse*. Mio padre mi ha affidato alle sue cure e lei non è altro che una-una *tiranna*.»

«*Mademoiselle* Elisabeth-Louise» la rimproverò la sorella di Gabrielle. «*Madame la Duchesse* avrà un'impressione sbagliata di *voi* se farete commenti maleducati su *Madame la Marquise de Touraine-Brissac*.»

Elisabeth-Louise ignorò la sua cameriera, spiegando ad Antonia con un piccolo sorriso triste. «Credo veramente che mia nonna desideri che la mia vita sia miserabile perché tutto di me la offende.»

«Ho anch'io una di quelle nonne» rispose Antonia con un sorriso compassionevole. «Che cosa volete da me?»

«*Madame la Duchesse*, vi prego, Hubert vi prega... Noi vi imploriamo, di parlare con *Monsieur le Duc* a nostro favore. Hubert ha chiesto parecchie volte un colloquio, ma senza risultato. Tutto ciò di cui ha bisogno sono cinque minuti del tempo di *Monsieur le Duc de Roxton*. E so che mio padre ascolterebbe *Monsieur le Duc*. Sono cugini e buoni amici e se *Monsieur le Duc* non avesse obiezioni al matrimonio, allora la nonna non potrebbe obiettare e...»

Antonia si avvicinò di un passo, fissando Elisabeth-Louise.

«*Mademoiselle* Touraine, ci siamo appena incontrate e nel modo più sorprendente, e vi aspettate che perori la vostra causa con *Monsieur le Duc*? Ho solo la vostra parola, ma forse vostro padre e vostra nonna hanno un buon motivo per obiettare a questa unione? Né so niente delle vostre qualità, o delle qualità dell'uomo che desiderate sposare. Non biasimerei *Monsieur le Duc* se pensasse che sua moglie ha bevuto un po' troppo vino se dovessi andare da lui con nient'altro che il vostro nome e il vostro desiderio di sposare questo Hubert.»

«Ah, *Madame la Duchesse*! Ma voi avete sposato *Monsieur le Duc* per amore!» Esclamò Elisabeth-Louise. «*Grand-mère* dice che i matrimoni per amore sono per la *paysannerie* e non per la gente del nostro rango. Dice che il vostro matrimonio è una singolarità che ha fatto un cattivo servizio alle nostre famiglie perché ha dato alle figlie della *noblesse d'épée* come me la falsa speranza di poter anche noi sposarci per amore! Vi dico, in tutta sincerità, *Madame la Duchesse* che mia nonna è ancora sbalordita che quel grande satiro del duca sia stato messo in ginocchio e si sia sposato per amore. Ma a me non interessa di quanto sia stupita o contrariata perché ritengo che dovremmo anche noi poterci sposare per amore. *Voi* siete l'esempio e il vostro matrimonio ha dato a Hubert e a me quella speranza.»

«Sono lusingata, *ma chère fille*» rispose gentilmente Antonia e rabbrividì, col freddo che penetrava attraverso gli indumenti leggeri. «Ma vi sbagliate di grosso se pensate che poiché il duca mi ama questo abbia annebbiato le sue facoltà mentali. Lui resta il duca di Roxton, pensa con la sua testa e sempre lo farà. Mi dispiace veramente, ma se vostro padre e vostra nonna non sono favorevoli al matrimonio con questo Hubert, allora *Monsieur le Duc* non interferirà, con o senza i miei appelli in vostro favore...»

«Ma, *Madame la Duchesse*, è per causa *vostra* che mia nonna obietta al mio matrimonio.»

«*Pourquoi*? Perché *Monsieur le Duc* si è innamorato di me?»

«No, *Madame la Duchesse*. Ma perché incolpa voi perché il *Comte de Salvan* è stato spogliato dei suoi benefici e bandito dalla corte. E adesso noi Salvan sopportiamo il fardello della sua disgrazia e le vecchie zie che vivevano della sua carità sono ancora più povere di...»

Antonia si rivolse alla sua cameriera. «Non capisco assolutamente perché mi avete portato qui per essere insultata in questo modo!»

«*Madame la Duchesse*, non avrei mai accettato questo incontro se avessi conosciuto le vere intenzioni di *Mademoiselle* Touraine» sussurrò ferocemente Gabrielle. «Sono sorpresa quanto voi. Giselle mi aveva detto...»

«*Madame la Duchesse*! Le intenzioni di Elisabeth-Louise sono solo sue!» le interruppe Giselle. «Doveva confidarvi qualcosa di completamente diverso e se poi ci fosse stato un momento per perorare la sua causa, per parlarvi delle sue difficoltà, lo avrebbe fatto dopo avervi resa edotta di alcuni *particolari* che stanno succedendo in questa casa proprio in questo momento.»

«*Madame la Duchesse*, dovete crederci» la implorò Gabrielle.

«Sì, ma ho freddo e ce ne andiamo. E prima...» aggiunse Antonia, fissando gli occhi verdi su Elisabeth-Louise e raddrizzando le spalle. «Devo respingere una menzogna: *Monsieur le Comte de Salvan* era povero prima del suo esilio e ha cercato sollievo dai suoi guai finanziari contraendo un matrimonio con me, contro la mia volontà, ma con la connivenza delle vecchie zie. C'è molto di più, ma è troppo doloroso per raccontarlo. Perdono la vostra ignoranza perché vi hanno raccontato delle falsità. E adesso mi riporterete dove c'è caldo e da *Monsieur* Vallentine che, ne sono sicura, sta facendo a pezzi questa casa per cercarmi. *Soyez rapide*!»

Con stupore di tutti, Elisabeth-Louise cadde in ginocchio e afferrò l'orlo dell'abito di seta della duchessa, portandoselo alla guancia bagnata e rendendole impossibile muoversi.

«Per favore, *Madame la Duchesse*! Vi prego! Potrei non avere più l'opportunità e voi potrete non parlarmi di nuovo, se è ciò che desiderate, ma dovete ascoltare ciò che devo dirvi!»

«Elisabeth-Louise! Alzatevi!» le ordinò Giselle sussurrando imbarazzata, afferrando il braccio della giovane padrona e cercando di rimetterla in piedi. «Vi state rendendo ridicola e state mettendo in imbarazzo *Madame la Duchesse*. Non è questo il modo di chiedere aiuto...»

«No! Non toccatemi! Voi non sapete! Nessuno lo sa! Nemmeno Hubert! Se *Madame la Duchesse* non mi può aiutare, allora sono rovinata e dannata per sempre!»

La ragazza poi scoppiò in singhiozzi e restò prostrata ai piedi di Antonia, continuando a tenere stretto l'orlo del suo vestito, come se avesse bisogno di un ancoraggio. Guardandola, Antonia ebbe una fitta di acutezza mentale che le riportò alla mente la sua triste situazione quando viveva con sua nonna, disperatamente innamorata del duca eppure incerta sul suo futuro. Era talmente disperata per la sua difficile situazione che aveva progettato di scappare a Venezia.

«Giselle, portate un cordiale alla vostra padrona» ordinò a bassa voce. «Gabrielle, date il vostro fazzoletto a *Mademoiselle* Touraine e aiutatela a sedersi. Poi portatemi quella trapunta. Sono gelata fino al midollo. Se ce n'è un'altra, usatela per voi.»

Con la cameriera fuori dalla stanza ed Elisabeth-Louise seduta al tavolo, la faccia bagnata asciugata con il fazzoletto di Gabrielle, Antonia si sedette davanti a lei, avvolta nella trapunta da letto e disse:

«*Mademoiselle*, se volete il mio aiuto mi dovete dire la verità.»

Elisabeth-Louise tirò su col naso e annuì, ansiosa. «Sì, *Madame la Duchesse*. Chiedetemi qualsiasi cosa!»

«Siete *enceinte, oui?*»

Sentì ansimare, ma era stata Gabrielle non la ragazza.

QUINDICI

Elisabeth-Louise scoppiò nuovamente in lacrime alla domanda franca ma gentile di Antonia, quindi non ci fu bisogno di ulteriori conferme. Dato che Giselle sarebbe tornata da un momento all'altro con il cordiale, Antonia insistette con la ragazza perché le confidasse la sua situazione senza abbellimenti. Solo in quel modo Antonia avrebbe potuto decidere quale aiuto poteva offrire. E con un orecchio così amichevole e un pubblico compassionevole, Elisabeth-Louise non ebbe bisogno di altro incoraggiamento.

Hubert la corteggiava da mesi senza che la famiglia di lei, in particolare sua nonna, fosse al corrente dei loro sentimenti reciproci. Lui li visitava regolarmente, spesso accompagnato dal suo mentore, il *Marquis de Chesnay*. Ma era diventato evidente perché il marchese li visitava così spesso quando aveva annunciato alla nonna che desiderava fare di Elisabeth-Louise la sua terza moglie. Naturalmente la giovane coppia era rimasta inorridita davanti a quella prospettiva. Era stato allora che Hubert aveva scritto al duca di Touraine chiedendogli il permesso di sposare sua figlia. Questo aveva messo sul chi vive sua nonna riguardo alle intenzioni di Hubert e a Elisabeth-Louise era stato proibito rivederlo.

«Siamo stati obbligati a incontrarci in segreto, nella casa di mia sorella Michelle» spiegò Elisabeth-Louise. «Forse, *Madame la Duchesse*, avete sentito le tre figlie di mia sorella che giocavano in giardino? Michelle vive nella casa accanto alla vostra. E io vi ho vista, dalle finestre della sua casa, fuori in giardino con le vostre donne e il vostro bambino. Giselle non ha mai detto una parola a nostra nonna riguardo agli incontri con Hubert a casa di Michelle perché le permette di vedere le *sue* sorelle, la cameriera di Michelle, Rose e la vostra, Gabrielle.»

A quella rivelazione, Antonia la fermò e fissò Gabrielle.

«È vero, *Madame la Duchesse*. E c'è una quarta sorella, Yvette, la maggiore, cameriera personale della sorella di *Monsieur le Duc*, *Madame* Vallentine. Vi avevo parlato di Yvette, ma non di Giselle e Rose.»

«*Bon Dieu*! *Tutte* le vostre sorelle sono cameriere nelle case dei nostri parenti?»

«Sì, *Madame la Duchesse*» rispose tranquillamente Gabrielle. «In che altro modo potremmo trovare dei buoni impieghi nelle case migliori se non tramite i legami familiari?»

«Sapevo che le famiglie nobili sono imparentate l'una all'altra, per sangue o matrimonio, ma ammetto che oggi ho imparato qualcosa di nuovo!» Antonia sorrise. «Non avevo idea che il mondo fosse così piccolo anche per voi. È molto piacevole e sono lieta che siate in grado di vedere le vostre sorelle.»

«Grazie, *Madame la Duchesse*» rispose Gabrielle restituendole il sorriso. «Il mondo è piccolo per tutti noi. Per quelli che servono e per quelli che sono serviti. Ed è per quello che non è una coincidenza che la sorella di *Mademoiselle* Touraine viva nella casa accanto alla vostra villa, perché sono io che ho informato Rose, che poi l'ha detto alla sua padrona, che avrebbero dato in locazione la casa.»

«Per favore, *Madame la Duchesse*, non incolpate Hubert per la mia situazione» disse Elisabeth-Louise con una vocina spenta, abbassando le palpebre, con le guance in fiamme. «Siamo segretamente promessi sposi e credevamo veramente che il nostro matrimonio sarebbe stato una pura formalità. È per quello che io… lui, *noi*, ci siamo permessi di-di…» Scoppiò nuovamente in lacrime e si coprì la faccia con le mani, dicendo: «È successo solo due volte! Volevamo aspettare fino a dopo aver pronunciato i voti, ma…»

«Per favore, basta. Asciugatevi gli occhi, *ma chère fille*» disse gentilmente Antonia, con una risatina, «credetemi, sono l'ultima persona che vi biasimerebbe per aver ceduto ai vostri desideri. Non sono un'ipocrita.» Fece un respiro profondo, aggiungendo in modo pratico: «Ciò che è fatto è fatto e non si può disfare. Ciò a cui dobbiamo pensare è il vostro futuro e come posso aiutarvi per farvi ottenere il risultato che entrambi desiderate, e il più presto possibile».

Gli occhi di Elisabeth-Louise brillarono. «Parlerete con *Monsieur le Duc*?»

«Sì, anche se è tutto ciò che posso promettere.»

Elisabeth-Louise balzò fuori dalla sedia e si gettò ai piedi di Antonia, abbracciandole le caviglie. «Oh, grazie! Grazie! Siete troppo gentile! Troppo generosa!»

«Mi sento di colpo vecchia» borbottò Antonia, togliendo con riluttanza la mano da sotto le pieghe della trapunta per dare un affettuoso colpetto sulla spalla della ragazza. «Gabrielle, aiutate *Mademoiselle* Touraine a tornare sulla sua sedia.»

Quando Elisabeth-Louise fu di nuovo ferma e in silenzio, Antonia aggiunse con serietà: «Rendetevi conto che, anche se farò del mio meglio per parlare del vostro caso a *Monsieur le Duc*, non gli chiederò mai di agire in modo contrario al suo onore. Lui mi ascolterà, ma sarà lui a decidere. Mi capite, vero?» Quando la ragazza annuì, Antonia la guardò con un piccolo sorriso ironico. «Penso che siate più intelligente di quanto apparite perché non avete menzionato una sola volta il cognome di Hubert. E l'avete fatto deliberatamente, vero?, perché temevate che se avessi saputo dall'inizio che in effetti Hubert è il cavaliere Montbelliard non vi avrei ascoltato. Allora! Basta giochetti! Posso anche essere un po' più vecchia di voi...»

«Ho vent'anni, *Madame la Duchesse.*»

Antonia non perse un colpo. «Posso anche essere un po' più giovane di voi, ma non importa. Ma ditemi. Sono curiosa. Perché non siete ancora sposata? Le figlie della *noblesse d'épée* vengono fatte maritare molto prima della vostra età, *oui*?»

«Le mie sorelle avevano quattordici anni quando si sono sposate, è vero, *Madame la Duchesse.* Io ero fidanzata, ma lui è morto quando avevo tredici anni e poi mio padre mi ha lasciato all'*Abbaye-aux-Bois.* Forse perché aveva fatto sposare mia sorella Michelle a Gérard il figlio di un *Fermier Général,* contro i desideri di *Grand-Mère.* Lei non l'ha mai perdonato per aver disonorato il nostro nome...»

«Perché vostra sorella è stata unita in matrimonio con uno della borghesia?»

«Sì, *Madame la Duchesse.* Ed è il motivo per cui mia nonna è decisa a obbligarmi a sposare il marchese di Chesnay. Ma so che quando avrete parlato del mio caso a *Monsieur le Duc*, mia nonna dovrà cambiare idea. Inoltre, non può veramente obiettare, dato che Hubert, un giorno, sarà *le Comte de Salvan.*»

«Mi dispiace dirvi che cambiare corteggiatori non sarà facile come pensate» dichiarò gentilmente Antonia. «Il *Comte de Salvan* è il nemico giurato di *Monsieur le Duc* e questo è un grosso impedimento alla vostra felicità con il cavaliere Montbelliard.» Antonia si alzò, tenendosi stretta intorno la trapunta e aggiunse: «Almeno un mistero è risolto. Non ho più bisogno di sapere perché il cavaliere fosse così intenzionato a fare la mia conoscenza... Sperava, come voi, di persuadermi a parlare a *Monsieur le Duc* in suo favore. Ma presumo che l'urgenza della vostra situazione non sia chiara al vostro Hubert perché non gli avete ancora rivelato la vostra grande sorpresa, *oui*? Avete deciso di occuparvi direttamente della faccenda e avete orchestrato questo incontro per perorare il vostro caso. Ed è stato un successo per voi perché ho accettato di parlare in vostro favore con *Monsieur le Duc. Tiens, voilà*».

Con Antonia in piedi, Elisabeth-Louise si affrettò ad alzarsi. Non negò nulla di ciò che aveva detto la duchessa. In effetti, era ancora più impressionata, tanto che esclamò: «Per essere una donna così bella siete anche molto intelligente!»

«La bellezza non è una barriera né per l'intelligenza né per la stupidità, *Mademoiselle* Touraine.» Gli occhi verdi di Antonia scintillarono e sorrise maliziosa. «Ma avete ragione. Sono intelligente ed è il motivo per cui *Monseigneur* mi ama. E adesso ho passato abbastanza tempo in questa stanza gelida» aggiunse con calma, togliendosi la trapunta e restituendola a Gabrielle. «Devo tornare prima che si accorgano veramente che manco. Per favore, accompagnatemi da *Monsieur* Vallentine.»

Elisabeth-Louise si mise tra Antonia e la porta e fece un'altra riverenza. «Perdonatemi per aver rubato molto del vostro tempo con i miei problemi, *Madame la Duchesse*, ma devo dirvi una cosa che riguarda *voi*. È il motivo per cui siete stata portata qui.»

Antonia ringoiò una replica e frenò la sua impazienza dicendo in modo schietto: «Ditemelo nel modo più succinto possibile, prima che si formino i ghiaccioli sulle mie braccia».

«Siete stata invitata con un falso pretesto. Questa sera non ci sono solo i membri della famiglia, ma l'intera società. È questo il motivo per cui dovevo impedirvi di entrare nel salotto di *Grand-mère*. Sa che il duca è fuori città. Si è assicurata che lui fosse lontano e che sareste venuta da sola.» Quando Antonia non commentò e continuò a fissarla, Elisabeth-Louise parlò in tono sommesso. «*Grand-mère* intende annunciare il suo profondo rammarico, davanti a tutti i suoi ospiti, per l'assenza di *Monsieur le Duc*. E poi, *Madame la Duchesse*, vi chiederà come mai non vi abbia accompagnato…»

«È come mia nonna!» esclamò Antonia.

«… sapendo che è andato a Fontainebleau e perché.»

«Sa perché *Monsieur le Duc* è andato a Fontainebleau e *perché*?» ripeté Antonia, incredula.

«Lo sanno *tutti*. E sanno *perché* ci è andato. Gliel'ha detto lei.»

Antonia fu scossa fino a restare senza parole da questa rivelazione. Fissò la ragazza senza vederla, stringendo forte le bacchette del suo ventaglio. E dato che non reagì, Elisabeth-Louise si chiese se la duchessa non le credesse, quindi continuò.

«La nonna era piena di simpatia per voi mentre beveva il suo *café au lait*, dicendo che dovevamo fare del nostro meglio per non menzionare il fatto che *Monsieur le Duc* era partito in tutta fretta per Fontainebleau appena la *Comtesse Duras-Valfons* l'aveva convocato. Che non intendeva vantarsi, ma che sapeva che sarebbe stata solo questione di tempo prima che *Monsieur le Duc* tornasse ai suoi vecchi modi da satiro. Dice che una zebra non può cambiare le sue strisce e che nemmeno una sciocca farfallina di ragazza poteva sperare di mantenere le attenzioni di uno che aveva passato una vita ad allargare le ali di centinaia di leggiadre farfalle...»

«Ho sentito abbastanza.» Ad Antonia bruciava la gola. «Non so se desidero ringraziarvi o rimproverarvi per aver ripetuto una simile perfida sciocchezza. E adesso accompagnatemi fuori da qui. *Merci.*»

Fu Gabrielle che impedì alla duchessa di uscire.

«*Madame la Duchesse*, per favore. *Mademoiselle* Touraine ha da dirvi altro...»

«Altro? C'è altro ancora di questa spazzatura, di questa *méchante absurdité* da ascoltare? No, Gabrielle» dichiarò Antonia e le passò davanti, nella direzione da cui erano arrivate, verso la scala a chiocciola. «No! No! No! Non ascolterò un'altra orribile parola detta su *Monsieur le Duc*...»

«Il bambino!» esclamò Gabrielle, non sapendo come altro fare per ottenere l'attenzione della sua padrona e fare in modo che si fermasse e ascoltasse. «Il bambino di *Madame* Duras-Valfons è *qui*. Il suo bebè è qui, in *questa* casa.»

Quando Giselle tornò finalmente dalle cucine con un cordiale, l'ammezzato era vuoto. Controllò tutte e quattro le stanze e salì perfino la scala a chiocciola fino alla porta segreta che si apriva nel secondo salotto. Sentì voci alterate e immaginò correttamente che la cameriera di guardia dall'altra parte stesse avendo qualche difficoltà a convincere chiunque le stesse urlando contro che la duchessa era ancora indisposta, dopo tutto quel tempo.

Controllò che il chiavistello che assicurava che la porta restasse chiusa agli intrusi fosse ancora al suo posto, poi tornò su suoi passi e lasciò l'ammezzato. Sicura di sapere dove Elisabeth-Louise aveva portato la duchessa, attraversò un labirinto di stretti passaggi di servizio e scale posteriori piene di spifferi finché arrivò a una piccola stanza sotto il tetto della mansarda nella zona più lontana dell'Hôtel. Qui nessuno della famiglia, servitore o ospite, avrebbe sentito il pianto di un infante trascurato.

SEDICI

Tutta la società era riunita nella *salle de bal* della marchesa di Touraine-Brissac, sotto la luce brillante di tre lampadari e altre centinaia di candele nelle applique sulle pareti. In qualunque altro momento, gli ospiti nelle loro sete intessute di fili metallici e i gioielli luccicanti avrebbero brillato e scintillato alla luce delle candele, in competizione tra di loro per chi brillava di più. Ma le loro lane e i velluti neri e gli ornamenti di giaietto ingoiavano tutta la luce tanto che tutt'al più sembrava che la stanza fosse stata invasa da un esercito di formiche o, al peggio, come se un basso temporale fosse penetrato dai davanzali delle finestre sigillate e aleggiasse sul pavimento.

Philippe Alexandre Salvan Gondi, la marchesa di Touraine-Brissac, la più vecchia delle sorelle Salvan conosciute collettivamente come le vecchie zie, e lei come *Tante Philippe*, non avrebbe potuto sperare di avere una migliore partecipazione. E non importava che quella serata le sarebbe costata in cera ciò che normalmente spendeva in un anno. Ne valeva la pena per la gioia di vedere pubblicamente umiliata la moglie di suo nipote Roxton. Cosa che avrebbe in effetti umiliato lui, che era il suo scopo.

Dopotutto, era lui la causa delle attuali difficoltà economiche della famiglia. Aveva ben pochi scrupoli, dato che il suo altro nipote Salvan aveva promesso di ripagare i suoi debiti non appena avessero revocato il suo esilio e avesse riavuto il suo posto a corte.

Tutto e tutti erano a posto, con la famiglia riunita in salotto, gli ospiti nel salone da ballo e il marmocchio starnazzante di Thérèse pronto per essere mostrato e messo ai piedi di *Madame la Duchesse de Roxton* una volta che lei, *Tante Philippe*, avesse dato il segnale. Tutto ciò che serviva era l'arrivo della giovane moglie di suo nipote, cui avevano fatto credere che si trattasse di una *petite soirée en famille.*

Ma non tutto stava andando secondo i suoi piani e dal momento in cui lord Vallentine era entrato in salotto.

In quel suo modo spaccone, grezzo e completamente incivile in cui solo gli inglesi erano capaci di esprimersi, Sua Signoria aveva ignorato tutte le formalità e preteso di sapere dalla famiglia di sua moglie a che gioco stavano giocando. Perché erano tutti vestiti di nero quando doveva essere una riunione di famiglia? Che cosa stavano facendo, seduti rigidi come una fila di giudici a un'esecuzione pubblica? E che cos'era il rumore che arrivava da dietro le porte? Era vero che metà città era stata invitata a cena? A che diavolo stavano giocando le vecchie zie?

Prima che *Tante Philippe* avesse la possibilità di fingere ignoranza e mostrarsi offesa, una delle sue sorelle fu presa da un attacco di isteria. *Tante Sophie-Adélaïde* finora aveva visto solo il lato affabile e gentile del marito di sua nipote Estée. Vedere Lucian Vallentine furioso, il viso rosso, fu così sorprendente che andò in pezzi. Sophie-Adélaïde aveva detto fin dall'inizio che gli intrighi di sua sorella le avrebbero viste andare tutte all'inferno per il loro comportamento non da cristiane. A quello Philippe aveva ribattuto che quella era proprio la risposta che si era aspettata da Sophie-Adélaïde che era una suora, e in quanto tale la sua unica occupazione era passare le giornate a pregare per i membri della famiglia, ma che innanzitutto avrebbe dovuto pregare che le loro fortune cambiassero, altrimenti si sarebbe trovata senza una cella di convento a cui tornare!

Vedere la sua gemella così agitata fu troppo per *Tante Victoire*. Disse in fretta a lord Vallentine che niente di tutto ciò era un'idea sua. E se le furie l'aspettavano all'inferno, amen. Ma che lei aveva una preoccupazione più immediata e più grande, ora che era sulla terra, e che era quella di scongiurare la collera del diavolo in persona: il loro nipote Roxton.

Tante Philippe mantenne la sua impassibilità. Offesa dal comportamento di lord Vallentine, osò guardarlo con supponenza e ribattere che non aveva la minima idea perché o che cosa potesse essere così sconvolgente in una riunione di famiglia per la cena con qualche amico.

Lord Vallentine era sul punto di dirle esattamente che cos'era sconvolgente quando l'allampanato nipote di *Tante Victoire* starnutì forte. Aveva un comune raffreddore, ma il maggiordomo fraintese lo scoppio nasale per il segnale ai domestici di spalancare le porte del salone da ballo. Cosa che fecero, con un gesto teatrale, rivelando inavvertitamente la portata dell'inganno di famiglia.

Il salotto fu immediatamente invaso dalla luce e dal rumore dell'affollato salone, facendo ribollire il sangue di lord Vallentine. Prima di riuscire a trovare parole sufficientemente educate per le orecchie delle vecchie zie per esprimere la sua furia, gli ospiti si riversarono nel salotto. E continuarono ad arrivare, come formiche straripanti da un nido disturbato, tanto che i Salvan e lord Vallentine si trovarono loro stessi circondati e sotto assedio.

L'unica persona che mantenne i nervi saldi fu Martin Ellicott. Era rimasto indietro quando erano entrati nel salotto e aveva guardato gli eventi da una distanza di sicurezza. Non era ancora mai stato da quella parte del grande solco che divideva padroni e servitori e lo trovava affascinante e più esilarante di quanto aveva pensato possibile. Quando aveva accompagnato il duca nelle varie case nobili, era sempre rimasto nelle aree destinate ai servitori ad aspettare il suo padrone. Non essendosi mai aspettato di mischiarsi con quegli esseri superiori, o essere loro ospite, quasi non riusciva a credere a ciò che stava vedendo.

Era uno spettacolo teatrale, degno di un palcoscenico e del costo di un biglietto; era così affascinante che ci volle un momento prima che si rendesse conto che duchessa di Roxton non era più con loro. E se il sangue di lord Vallentine stava ribollendo, quello di Martin Ellicott divenne di ghiaccio pensando che lui e Sua Signoria avevano fallito nel loro unico compito: tenere la duchessa al sicuro e sotto i loro occhi in ogni momento.

Lasciò lord Vallentine ad affrontare la *mêlée* sociale e tornò in fretta sui suoi passi, cercando la duchessa. Attraversò il primo salotto ed era quasi in cima allo scalone, quando notò una domestica che si attardava accanto a una finestra senza tende. Andò da lei, che stava spostando nervosamente il peso da un piede all'altro, con le mani dietro la schiena e fissando il soffitto decorato. La ragazza gli fece una riverenza ma poi lasciò vagare lo sguardo per la stanza, come se stesse cercando di essere meno appariscente possibile. Era decisamente nervosa per qualcosa. Martin era sul punto di chiedere se sapesse dov'era *Madame la Duchesse de Roxton* quando un trambusto sul pianerottolo distrasse entrambi.

La ragazza restò a bocca aperta e gli occhi sgranati per la meraviglia davanti a quest'ultimo ospite. Ma quando Martin vide chi era non riuscì a nascondere la sua immensa soddisfazione perché vedeva realizzato il desiderio di una vita di ogni valletto: vedere il frutto dei loro sforzi sartoriali in azione sul palcoscenico sociale. Desiderò che George Geraghty fosse lì per godere di quel momento con lui e tale fu la sua felicità che si strinse le braccia intorno e non riuscì a cancellare il sorriso.

Il duca di Roxton stava attraversando il salotto vestito di velluto e pizzo nero, fazzoletto e tabacchiera d'oro tenuti alti che mostravano al meglio le lunghe dita affusolate e un grande polsino ricoperto di pezzi di giaietto.

Il suo sontuoso abbigliamento e l'espressione solenne lo facevano apparire come se fosse il principale individuo in lutto a un funerale reale. E il suo passo era glaciale, come avrebbe richiesto una simile occasione e diede al suo pubblico più tempo per ammirare lui e i suoi vestiti. Significò anche che, quando raggiunse il secondo salotto e restò incorniciato nella grande porta aperta, le conversazioni, le discussioni e la generale turbolenza di tutti quelli riuniti erano già scese a un mormorio.

Non c'era bisogno che *Monsieur le Duc* fosse annunciato in una stanza piena di suoi parenti e amici, ma il servitore fece come era stato istruito. Aggiunse importanza al suo arrivo tanto che non solo tutti gli occhi si voltarono verso di lui, ma si fermò ogni conversazione e ogni bocca rimase aperta per l'ammirazione.

Vedere il loro nipote fu un tale colpo per le vecchie zie che le rese incapaci di muoversi o di parlare. In effetti, tutti i membri della famiglia Salvan riuniti nel salotto erano così storditi dalla paura che era come se tra di loro fosse arrivato un fantasma. *Tante Philippe* aveva assicurato loro che non c'era niente di cui preoccuparsi, che *Monsieur le Duc* era lontano, a Fontainebleau. Com'era possibile che fosse lì e non là? Era un'apparizione? Si era manifestato sotto forma di spirito per proteggere la giovane moglie dalla loro perfidia? Se qualcuno era in grado di perseguitarli era certamente il sinistro e onnisciente *Monsieur le Duc de Roxton*. Tali erano i pensieri che turbinavano nelle loro menti, mentre le loro espressioni sorprese e i volti arrossati mostravano il loro senso di colpa.

Piena di rimorso e incapace di contenere la sua vergogna, *Tante Sophie-Adélaïde* emise un grido soffocato e crollò svenuta. Cadde di traverso sulla sedia e sarebbe scivolata sul pavimento se non fosse stata espertamente colta tra le braccia di lord Vallentine.

Non la notò nessuno. Nessuno era riuscito a distogliere gli occhi dal duca, che adesso aveva l'occhialino alzato per sorvegliare con un occhio ingrandito gli sbalorditi parenti del lato materno.

Non si sentì volare una mosca nel silenzio che seguì, ma ci fu un tonfo quando la sedia di *Tante Sophie-Adélaïde* si rovesciò e colpì il parquet.

DICIASSETTE

«CHER AMI. Siete venuto!» esclamò il *Marquis de Chesnay*, facendosi avanti tra la folla. Fece un magnifico inchino al suo amico, con i volant di pizzo a un polso che spazzavano il pavimento, poi si raddrizzò in tutta la sua statura, grazie anche ai tacchi rossi e lo guardò con un sorriso di benvenuto sul volto. «Avevo detto che sareste venuto. Non mi credeva nessuno. Ma siete qui!»

«Il vostro talento per… ehm… le profezie non fallisce mai, Gustave» disse il duca, voltando l'occhialino verso de Chesnay. «Senza dubbio avevate predetto che ci sarebbe stata anche *Madame la Duchesse*?»

«Anche quello, *mon chéri*» annunciò de Chesnay con un sorriso soddisfatto, guardandosi attorno prima di fissare nuovamente il duca. «Ho detto: *Fidatevi di Gustave, verranno entrambi! Devono venire! Dopo il matrimonio del duca…* e perdonatemi la mia franchezza ma è stato detto con grande affetto, ve lo assicuro… *dopo il suo matrimonio,* ho detto, *Roxton e la sua divina duchessa non si sono mai avventurati fuori l'uno senza l'altro, ma sempre in coppia, come due piselli nello stesso baccello.*»

«Vi hanno creduto?»

«No! Sì! Sì, che sarebbe venuta *Madame la Duchesse*, ma non che sareste stato qui voi. Mi è stato detto che eravate altrove...»

«Altrove?» Il duca fece una smorfia e lasciò penzolare l'occhialino sul suo nastro di seta nera tenuto tra le dita. Lo fece oscillare piano da una parte all'altra. «Spiegatemi, se potete, Gustave, come... ehm... due piselli in un baccello possono essere in due posti diversi allo stesso tempo.»

La folla silenziosa fece inconsciamente un passo avanti, con gli occhi fissi sull'occhialino che si muoveva come un pendolo e le orecchie ben aperte che cercavano di sentire ogni parola; il duca era famoso per il suo tono misurato e le sue eviscerazioni verbali.

Le grosse labbra del marchese di Chesnay si aprirono, le dita si allargarono sul petto e lui si guardò alle spalle con un'espressione che diceva *ve lo avevo detto*. Non avrebbe potuto apparire più impressionato se fosse stato pagato per esprimere quel gesto.

«Roxton! *Alors*! È ciò che avevo detto. Vero! *Sono profetico.* Ma mi era stato detto enfaticamente che non sareste stato qui stasera perché eravate andato a Fontainebleau.»

«Enfaticamente, dite?»

«Molto enfaticamente.»

«Perché sarei dovuto essere lì quando la mia duchessa è qui? È un mistero» disse il duca, in tono socievole e perplesso. Lasciò cadere l'occhialino sul suo nastro lungo il gilè di seta nera ricamata. «Ma forse non siete solo profetico, ma anche un risolvitore di misteri e potete fornire una risposta?»

«Mistero? In quanto a quello...»

Il marchese fece spallucce e finse nonchalance facendo sporgere il labbro inferiore. Eppure fu immediatamente all'erta, con la testa che sudava calda sotto la parrucca *à l'aile de pigeon*. Quando il duca era affabile e battibeccava con lui c'era sempre un motivo ed essere amichevole solo per esserlo non era uno di quelli. Tutto ciò che faceva Roxton aveva uno scopo. Stava cercando qualcosa e de Chesnay era alquanto sicuro di conoscere la risposta e il pesce che sperava di catturare. Ed essendo un consumato cortigiano, sapeva come soppesare la situazione e decidere a chi riservare la sua lealtà in quel momento. Aveva passato mesi coltivando la marchesa de Touraine-Brissac con l'obiettivo di fare della nipote la sua terza moglie. Eppure il suo amico Roxton che era un nobiluomo esperto nell'utilizzo di metodi sinistri e che aveva una ricchezza illimitata per raggiungere i suoi scopi, non era qualcuno con cui scherzare, mai.

Gli ci volle solo un secondo per decidere che forse non sarebbe stato così brutto restare senza una moglie per qualche tempo; almeno avrebbe fatto piacere alla sua amante Marguerite.

«C'era un tempo in cui nessuno sarebbe stato minimamente sorpreso di sapere che eravate partito in tutta fretta per Fontainebleau per portarvi a letto una donna dilettevole» dichiarò spavaldo il marchese, continuando a recitare il suo ruolo di ignaro testa vuota a beneficio del pubblico. «Ma Marguerite ha insistito: *Gustave*, ha detto... No! Sospirando per la delusione. Davvero, che angelo! Ha sospirato e detto *Gustave, tristemente per coloro tra di noi che avevano aspirato un giorno a dividere il letto di Monsieur le Duc, quel tempo è passato...*» Ridacchiò per attirare su di sé lo sguardo fermo del duca, si leccò le labbra e continuò: «*È passato perché nessun uomo sano di mente, nemmeno Roxton, abbandonerebbe una creatura divina come Madame la Duchesse de Roxton*». Si guardò attorno, annuendo. «È ciò che ha detto! Davvero! Ogni parola. Non ve lo avevo detto? Marguerite è un vero angelo.»

Il duca inclinò la testa confermando, poi aggiunse, apparentemente perplesso: «Eppure qui c'è chi non condivide la convinzione di Marguerite. È quello il grande mistero...»

«Ah! Ma si risolve facilmente perché quando *Madame* Touraine-Brissac dice a tutti che siete a Fontainebleau con una certa contessa» lo interruppe il marchese, continuando a guardare negli occhi il duca. «Chi sarebbe così maleducato da non credere alla nostra ospite, e in casa sua oltretutto. Ed è vostra zia...»

«*Monsieur le Marquis*, che storie state raccontando a mio

nipote?» dichiarò *Madame* Touraine-Brissac in tono tranquillo, attraversando la folla che si divise come se una chiatta stesse passando in un fiume congestionato, spedendo gli ospiti a mettersi in salvo a destra e a sinistra. Zittì il marchese dandogli un colpetto scherzoso sul braccio con il ventaglio chiuso. «Scommetto che è qualcosa di inadatto per le orecchie di una vecchia zia. Come state bene, Roxton» continuò senza tirare il fiato, voltando le spalle al marchese per tendere la mano al nipote. «Il matrimonio, o forse è la paternità, o entrambe le cose, vi ha messo una luce negli occhi; qualunque cosa sia vi sta bene.» E prima che il duca potesse rispondere, si voltò di nuovo, questa volta rivolta ai suoi ospiti, annunciando con un sorriso: «Non avevo detto che *Monsieur le Duc* non ci avrebbe deluso e che avrebbe partecipato alla nostra piccola *soirée*? Ed eccolo qui. Ora serviremo i rinfreschi nel salone da ballo. Per favore, via. Non permettete allo champagne di diventare tiepido e ai canapè di ostriche di andare a male! Via, via, adesso» aggiunse con un sorriso quando gli ospiti si mostrarono inclini ad attardarsi. «Devo scambiare una parola con mio nipote da sola, ma state certi che il duca e io vi raggiungeremo presto.»

«Ben fatto» si complimentò il duca. «Siete riuscita a marchiare de Chesnay come il creatore del piccolo dramma di vostra fattura, assolvendo nel contempo voi stessa. De Chesnay è troppo astuto, e i vostri ospiti troppo educati, per indicare la vera ipocrita. Che siete voi, tra parentesi, ma permettetemi di tranquillizzarvi, per evitare che dobbiate chiamare il vostro medico» aggiunse aprendo con un dito la tabacchiera e offrendogliela. «Due vecchie zie che collassano in un giorno non è il comportamento di un buon nipote, vero?»

Inveterata consumatrice di tabacco, *Tante Philippe* affondò volentieri le dita nel tabacco macinato finissimo. E le diede un momento per riflettere stringendone un pizzico tra il pollice e l'indice. Appoggiò il tabacco sul polso grassoccio. «Avete sempre la mistura migliore, Roxton» confessò a malincuore e inspirò da vera esperta il tabacco in una narice e poi nell'altra, sentendosi meglio.

Il duca le offrì il braccio e disse in modo colloquiale: «Ho parecchio da dirvi e niente di piacevole. Ma sono un nipote rispettoso e vi risparmierò l'umiliazione di un pubblico... una circostanza che volevate negare a mia moglie, mi dicono».

Ignorò lo sguardo che gli rivolse *Tante Philippe* e si prese un momento per ispezionare la stanza, dove rimaneva solo la famiglia. Erano tutti affaccendati intorno a *Tante Sophie-Adélaïde*, a cui stava prestando soccorso il medico di famiglia. Tra di loro c'era Lucian, ma non Antonia e nemmeno Martin. Quindi frenò la sua preoccupazione e si concentrò per affrontare la matriarca della famiglia Salvan.

Per chiunque stesse guardando, non c'era niente nell'atteggiamento del duca, né nel suo timbro di voce che suggerisse che appena sotto la superficie della sua espressione cortese ribolliva una rabbia divorante che riusciva a malapena a contenere. Lo attanagliava da quando era stato intercettato sulla strada da Versailles a Fontainebleau e reso edotto della complicità della famiglia Salvan in un complotto per umiliare pubblicamente sua moglie.

DICIOTTO

QUANDO ERA in viaggio da tre ore per andare verso Fontainebleau, il duca era stato colpito dal pensiero che l'azione che aveva scelto di intraprendere non solo era una follia, ma che non era necessaria. Tutto ciò che importava, tutto ciò a cui teneva, tutto ciò che amava e venerava lo aveva lasciato indietro a Versailles, e per che cosa? Non aveva mai permesso a voci non comprovate di dettare le sue azioni. C'erano altri modi e mezzi per trattare con la contessa Duras-Valfons e le sue luride pretese. Ma abbandonare sua moglie e suo figlio per farlo non era uno di quelli, quindi aveva girato il cavallo e si era diretto verso casa.

Il destino aveva voluto che si fermasse a una locanda con i suoi due stallieri e si stesse rifocillando quando un cavaliere si era precipitato in cortile gridando che voleva un cavallo fresco. Il giovanotto, con un pastrano in disordine e il tricorno tirato sulla fronte, era in un tale stato di panico che tutti, dal locandiere agli artigiani si erano chiesti se ci fosse stato un assalto da qualche parte sulla strada e se i banditi fossero diretti verso di loro. Ma erano stati rassicurati che non era quello il caso. Tutto ciò di cui aveva bisogno il giovanotto era un cavallo e di ripartire il più presto possibile in modo da avere una speranza di raggiungere *Monsieur le Duc de Roxton*.

Alla menzione di un nome così illustre si erano messi tutti immediatamente all'opera.

Gli stallieri di Roxton erano trasaliti sentendo menzionare il nome del loro padrone, perché viaggiava sempre in incognito quando era a cavallo. Il duca non si era stupito. Aveva riconosciuto la voce del giovanotto e aveva sbuffato alla provvidenza. Aveva mandato i suoi uomini a prenderlo. E quando ebbero scortato a forza il viaggiatore in un angolo del cortile dove nessuno poteva origliare la conversazione e lo ebbero messo in un muto stato di sottomissione minacciandolo di fargli saltare i denti, il duca li aveva raggiunti.

«Che cosa volete, Montbelliard?» aveva chiesto il duca con un'insolita dimostrazione di irritazione, alzando il mento sopra le pieghe del suo pastrano per mostrare il suo viso sotto il tricorno.

Tali erano stati la sorpresa e il sollievo del giovanotto vedendo il duca e rendendosi conto di averlo trovato in tempo, che aveva perso l'uso delle gambe. Sarebbe crollato se non l'avessero sostenuto sotto le ascelle gli stallieri del duca, che avevano stretto ancor di più la presa.

«Grazie al cielo! Grazie al cielo!» aveva mormorato il cavaliere, prima di fissare il duca negli occhi neri ed esclamare: «Dovete credermi! Penserete che mi sia inventato tutto, ma vi dico, *Monsieur le Duc*, che ogni parola è la verità! Non potevo restare e permettere che succedesse! Sul mio onore, e per l'onore del mio caro padre, che Dio l'abbia in gloria, vi dico che è tutto vero!»

«Prima di potervi credere, dovete dirmi che cosa dovrei credere.»

Montbelliard annuì. «Certo! Sì! Le mie scuse, *Monsieur le Duc*. Ma da dove comincio…»

«Dall'inizio. E non fermatevi finché non avrete raggiunto la fine. E potete credermi quando vi dico che sono… ehm… tutto orecchie.»

DICIANNOVE

«Il primo ricordo che ho di voi è una visita a casa nostra e mia madre che mi mandava via con la bambinaia» disse Roxton in tono colloquiale, passeggiando lungo il perimetro del piccolo salotto con *Tante Philippe* che aveva le dita nell'incavo del suo gomito. «Insistette a dirmi che non dovevo parlare a mio padre della vostra visita. Ma non era necessario che lo facesse. Non avevo idea di chi foste. Eppure, da figlio obbediente che ero, non dissi mai una parola.

«Portavo ancora le gonnelle quindi non ero al corrente delle politiche famigliari riguardo al matrimonio dei miei genitori: la disgrazia e lo scandalo che mia madre aveva causato ai Salvan per essersi sposata in segreto con mio padre, cosa che l'aveva fatta bandire dal seno della famiglia.» Il duca diede un'occhiata di sottecchi alla zia e la sua voce si indurì. «La visitaste sotto la falsa pretesa di essere una sorella compassionevole quando, in verità, eravate lì per raccogliere informazioni perché vostro fratello le usasse contro mia madre...»

«Cosa? No! È un'illazione *oltraggiosa*!»

«È un fatto» la interruppe seccamente il duca.

«Chi ha detto… Perché avrebbero osato…»

«Non esiste un "loro". Non potete incolpare altri. È tutto lì, nelle lettere che scambiavate con vostro fratello. Corrispondenza che è in mio possesso.»

A questa rivelazione *Madame* Touraine-Brissac alzò gli occhi, perplessa. Qualsiasi preoccupazione avesse riguardo al fatto che aveva scoperto il suo inganno fu mitigata dalla sua incredulità.

«Che avete in vostro possesso?» sbuffò. «Non si possiede la corrispondenza di altri. Forse in Inghilterra, dove il commercio regna sovrano, è accettabile fare un acquisto così ridicolo.» Fece il broncio e sbuffò di nuovo. «Anche se perché qualcuno debba volere quelle lettere… Ma in Francia? No! Nessuno nella famiglia oserebbe vendere, men che meno acquistare…»

Il duca rise piano. «Quanto è sicura di sé l'ignoranza… e questo da voi, una praticante esperta delle arti oscure della venalità! Il mio nonno *inglese* in effetti mi ha insegnato che tutto e tutti hanno un prezzo. È solamente questione di scoprire qual è. E mio zio Salvan di sicuro aveva il suo.»

«Adesso so che mi state prendendo in giro, Roxton» rispose *Tante Philippe* con una risatina e aprì il ventaglio per sventolarsi. «Mio fratello non avrebbe mai disonorato il nome della famiglia disponendo delle sue lettere private per ricavarne denaro!»

«Come pensate di conoscerlo bene. Non erano solo le *sue* lettere» rispose Roxton vivacemente. «Mi vendette l'intera collezione della corrispondenza di famiglia che risaliva a chissà quanti secoli. Ora è nella mia biblioteca e il mio bibliotecario la sta catalogando adeguatamente.»

«Non vi credo!»

«Credete ciò che volete» rispose il duca. «Per me non fa differenza.»

«Non capisco perché avrebbe dovuto fare una cosa simile» borbottò *Tante Philippe*.

«Oh, non dovete pensare che abbia macchiato pubblicamente l'onore della famiglia. Mi ha lasciato la corrispondenza nel suo testamento. Un modo discreto *da gentiluomini* di ripagare un debito; gli avevo anticipato una somma considerevole per pagare i suoi devastanti debiti di gioco da Rossards.»

Madame Touraine-Brissac restò in silenzio per un momento. Alla fine ammise: «Ricordo le sue preoccupazioni per una grossa somma che doveva, non ricordo a chi, ma era molto più grande di ciò che avrebbe potuto ripagare senza che intervenisse la famiglia. C'erano voci sul fatto che intendesse lasciare i suoi doveri di corte per passare del tempo nella tenuta di famiglia, ma...» Smise di parlare, si voltò e alzò gli occhi su quelli scuri del duca, sorpresa. «Ma successe sei o sette anni prima della sua morte.»

«Sette. Avrei aspettato anche di più. Ho il *talento* di avere un'infinita pazienza. Un'altra cosa che mi ha insegnato mio nonno.» Alzò un angolo della bocca. «Un amico di mio padre, Jean Chardin, l'ha spiegato nel modo migliore: *la pazienza è amara ma i suoi frutti sono dolci*. Raccomando vivamente i suoi *Voyages en Perse et autres lieux de l'Orient.*» Abbassò lo sguardo. «Ma gli scritti sui viaggi di un mercante protestante sarebbero indegni di un Salvan e in quello risiede la debolezza della famiglia.»

Sua zia lo fissò con un misto di meraviglia e incomprensione, raddrizzando in fretta le spalle, con l'arroganza di famiglia tornata saldamente al suo posto. Lo schernì. «Voi potete avere pazienza e ritenerci deboli, ma la vostra arroganza avrebbe tranquillamente potuto essere malriposta. E se mio fratello si fosse rimangiato il vostro accordo? A che cosa sarebbe servita la vostra *infinita* pazienza?»

Roxton mantenne lo sguardo fisso sul viso grassoccio. Se si era accorto delle due figure che discutevano animatamente accanto a una finestra direttamente davanti a loro non lo dimostrò, tranne che per voltare loro le spalle. Tutta la sua concentrazione restò fissa su sua zia. Sorrise, come gli avesse raccontato un bello scherzo. Ma la sua rabbia era al calor bianco.

«Ma vostro fratello non se lo rimangiò. E sette anni non erano nulla per aspettare e scoprire finalmente fino a che punto eravate scesa, non solo per screditare il matrimonio dei miei genitori ma per interferire nella loro felicità. Ciò che avete fatto passare a mia madre fu inconcepibile, ma ero pronto a relegarlo al passato per amore dell'armonia familiare. E perché preferisco non andare a rivangare ricordi dolorosi. Dolorosi per me, non per voi.»

«Come potete pensare che abbia mai potuto...»

«State dimenticando con chi parlate» la interruppe gelidamente il duca. «Non sono uno dei vostri disgraziati parenti. Non faccio nemmeno parte della vostra famiglia. Non vi devo niente. In effetti, è esattamente l'opposto. Eppure, in ossequio a vostro figlio, che non solo è mio cugino ma un buon amico, e le sorelle di mia madre, persone innocue e di buon cuore che vogliono solo credere il meglio di tutti, vi ho lasciato in pace... fino a oggi. Ho perfino finto di non notare il vostro continuo complottare con il vostro altro nipote, la creatura che sta marcendo a Limoges, per farlo reinsediare a corte. Ma oggi la vostra slealtà ha superato i limiti e ha cambiato... *tutto*.»

«Perché oggi ha un significato maggiore di qualunque altro giorno?» chiese la marchesa con nonchalance, con tutta la spavalderia che riuscì a raccogliere. Anni passati macchinando nei corridoi del palazzo, e tutto per promuovere le ambizioni politiche della sua famiglia e specialmente quelle di suo figlio, l'avevano resa un'esperta nell'arte dell'occultamento emotivo. «Vedete la vostra famiglia e gli amici riuniti per festeggiare il ritorno di Sua Maestà alla corte di Versailles... oh!» Finse di avere un momento di chiarezza. «Siete sconsolato perché ho invitato la vostra deliziosa giovane moglie senza di voi? Ma mi era stato detto da fonte affidabile, in effetti dalla contessa stessa, che eravate andato a Fontainebleau per stare con lei...?»

Il duca esplose involontariamente in una risata.

«Mio Dio, se foste un uomo potrei sfidarvi a duello! Alphonse ha sempre detto che siete voi ad avere i coglioni in famiglia!»

«Mi date più credito di quanto meriti, Roxton» dichiarò la

marchesa, gelida davanti alla sua volgarità, chiudendo di scatto il ventaglio. «Non posso dire che la nostra piccola passeggiata mi sia piaciuta, ma non era vostra intenzione. Ora dovete scusarmi. I miei ospiti mi aspettano e...»

Il duca le si mise davanti. «Sarete scusata quando lo dirò io e non prima.»

La marchesa fece un passo indietro e alzò la testa. «Che cosa intendete fare alla sorella di vostra madre, e in casa sua?»

«A voi? Niente. È ciò che farò per rovinare la vita del vostro figlio maggiore che dovrebbe preoccuparvi.»

«Mio... Mio figlio?» Il volto dipinto perse tutto il colore e per la prima volta da quando era entrata in salotto al braccio del duca le caddero le spalle. La paura e il dubbio furono evidenti negli occhi azzurri e si sentirono nella voce. «Alphonse? Lo rovinereste? Ma-ma è il vostro cugino più intimo e un grande amico! Gli fareste del male per arrivare a me? Davvero?»

«Anche se mi dispiacerà veramente, perché Alphonse mi sta veramente a cuore» confessò placidamente il duca, «ciò non mi impedirà di interferire nel suo stile di vita preferito. Quindi la risposta è sì, dovrà soffrire. Ma solo se voi devierete dal percorso che sto per dettarvi.»

«È millanteria! Conosco bene le inclinazioni innaturali di mio figlio» ribatté la marchesa, cercando di mettere in dubbio le sue parole e riguadagnare il controllo della conversazione. «Noi... Lui e io siamo arrivati a un accordo tanto tempo fa. Lui resterà col suo reggimento e io mi prenderò cura delle faccende di famiglia a corte, senza la sua interferenza. È un accordo che va bene per entrambi.»

«Non mi sto riferendo alle sue inclinazioni sessuali» rispose il duca con un sospiro impaziente. «Chi si porta a letto mi è sommamente indifferente. Anche se... Temo che *potrebbe* importare a Louis. Il vostro re è piuttosto pedestre nelle sue inclinazioni e gusti. Dubito che prenderebbe bene la notizia che uno dei suoi generali più decorati passa le sue notti scopando il suo attendente dai capelli d'oro.»

«È precisamente perché Sua Maestà è prosaico che non crederà mai che le inclinazioni di Alphonse duca di Touraine siano diverse dalle sue.»

«Lo crederà, se glielo dirò io.»

«È questa la vostra minaccia nei miei confronti?»

«No, stavo semplicemente sottolineando un fatto. Ma se Louis dovesse scoprirlo, richiamerebbe Alphonse dal campo e sarebbe la fine della sua carriera militare. Che spreco di una brillante mente tattica! Louis probabilmente vorrebbe che si presentasse a corte e *Monsieur le Duc de Touraine* come capo della famiglia dovrebbe obbedire. Lui detesta Versailles e tutti i suoi meschini intrighi. Vi lascerebbe senza più un ruolo da svolgere. Ma potrete consolarvi reciprocamente...»

«Bene!» brontolò la marchesa sbuffando e poi abbassò la voce a un ringhio: «Che cosa volete da me?»

«Come madre del duca di Touraine, la vostra lealtà dovrebbe essere rivolta a lui e alla sua casata, non a vostro nipote, anche se è il capo della casata dei Salvan. Ciò che dovete fare è quello che avreste dovuto fare nel momento in cui il conte è stato bandito dalla corte.»

«Volete che ritiri il mio sostegno e volti le spalle al *Comte de Salvan*.»

«Oh, siete veramente sveglia! In una parola: sì. E allora...?»

Quando la marchesa lo guardò, perplessa, il duca inarcò un sopracciglio e aspettò. Lei capì, si schiarì la voce e disse seccamente, con la voce che tremava leggermente.

«*Monsieur le Duc* ha la mia parola che io e la mia famiglia non offriremo più il nostro sostegno al *Comte de Salvan* in nessuna forma. La famiglia Salvan e la casata dei Touraine interromperanno anche gli sforzi per fargli riavere i suoi benefici ereditari a corte.» Alzò gli occhi sul duca, aggiungendo in fretta: «Significa che riconoscerete Montbelliard come erede di Salvan?»

«Perché dovrei farlo?»

«Perché? Perché no?»

«Forza, zia! Certo non potete aspettarvi che dia a Salvan un briciolo di speranza che il suo titolo vivrà dopo di lui.»

«Ma un giorno Montbelliard erediterà il titolo, con o senza il vostro sostegno.»

«Ed ecco la vostra risposta.»

«Ma non vedete che se *Sa Majesté* lo riconoscesse ufficialmente come erede di Salvan, adesso, ci sarebbe la possibilità che gli permetterebbe anche di occupare il posto a corte lasciato vacante dall'esilio di Salvan. Montbelliard allora potrebbe ricevere la rendita ereditabile e...»

«... e voi sareste di nuovo l'alta sacerdotessa della venalità?»

Quando *Tante Philippe* lo guardò speranzosa, senza rilevare la sua ironia, il duca abbassò la guardia abbastanza da sibilare: «Dopo ciò che quel mostro ha fatto a mia moglie, e con la vostra connivenza, e dopo ciò che avete tentato di fare oggi, le vostre speranze e le vostre aspettative sono assolutamente fuori luogo.»

La ferocia del suo tono le fece fare un passo indietro, ma non fu sufficientemente scossa da non chiedere con un accenno di possibilità: «E se... E se Salvan fosse morto?»

«Morto? È morto per me. Purtroppo respira ancora. Mi dicono che la sua salute e il suo umore sono ottimi. L'aria di campagna e il buon cibo gli stanno facendo un mondo di bene, quindi può aspettarsi di vivere altri dieci, venti, trent'anni o più. Sopravvivrà a voi.»

La marchesa si avvicinò per sussurrare: «Ma se lui fosse morto, allora voi riconoscereste Montbelliard».

«Montbelliard erediterebbe il titolo e Louis lo riceverebbe a corte. Quindi la vostra domanda è irrilevante.»

«Ma voi non vi mettereste in mezzo?»

«No.»

La marchesa emise un piccolo sospiro di sollievo, annuendo.

«*Madame*, mi avete dato la vostra parola e ora la vostra famiglia cesserà ogni legame con vostro nipote a Limoges e non ci saranno visite né corrispondenza. È prigioniero nel suo castello per un buon motivo e dovrà essere trattato come tale, da tutti. Mi avete capito?»

«Sì.»

«E c'è un'altra persona dalla quale voi e la vostra famiglia dovrete dissociarvi.»

«Certo» rispose seccamente la marchesa. «La contessa Duras-Valfons non esisterà più per noi.»

Il duca stese la mano, quella con l'anello ducale con il grande smeraldo quadrato, non per farsela stringere come avrebbero fatto i gentiluomini per stringere un accordo, ma come si fa con un vassallo per chiedere fedeltà.

«Giuratelo, *madame*.»

La marchesa lo guardò. Il duca la fissò, aspettando. Sapeva che cosa si aspettava da lei: assoluta obbedienza, e sapeva che cosa doveva fare per dimostrarglielo. Gli prese la punta delle dita, si chinò e baciò l'anello ducale. Riuscì a malapena a far uscire le parole, ma lo fece.

«Giuro sulla mia vita e quella di mio figlio Alphonse, duca di Touraine e dei suoi eredi.»

«Accetto la vostra parola, *Tante Philippe*. Ma se doveste deviare dalla strada che vi ho appena illustrato, sappiate che Alphonse riceverà tramite un corriere anonimo il pacchetto della corrispondenza tra voi e vostro fratello che implica entrambi nella sparizione e nella morte di un certo Sébastien Laval...»

«Non conosco quest'uomo...»

«Non era un uomo... era un ragazzo... lo erano entrambi. Era l'amore della vita di vostro figlio. Quando Alphonse si rifiutò di fare il suo dovere con la ragazza che era stato costretto a sposare, avete fatto rapire Sébastien Laval, reclutare a forza nell'esercito e mettere su una nave diretta nelle Americhe, per non essere mai più rivisto. La lettera che aveva lasciato per Alphonse, quella che spezzò il cuore di vostro figlio, fu scritta sotto costrizione. Voi e vostro fratello siete stati attenti a restare a distanza. Non c'è niente, tranne le lettere che vi siete scritti, che possa puntare al vostro coinvolgimento nella sparizione di Laval. Alphonse ha passato anni a far cercare Laval ai quattro angoli della Francia e oltre. Ero con lui quando infine ricevette la notizia che Laval era morto di dissenteria nella giungla di un lontano avamposto coloniale. La notizia gli spezzò nuovamente il cuore. Ma la vostra reazione, *mon Dieu*, quella fu tutt'altra cosa! Ed è tutto lì, scritto di vostro pugno. Non potevate essere più felice e avete esultato per la morte di Laval come un'amante gelosa che avesse trionfato!»

«Alphonse aveva bisogno di un erede. Abbiamo fatto ciò che era necessario per la sopravvivenza del ducato.»

«Alphonse ha tre fratelli che hanno tutti prodotto grandi famiglie. Alphonse fece il suo dovere e sua moglie gli diede quattro figlie in rapida successione, morendo giovane. Lui non si risposerà più e quindi non avrà mai un figlio, perciò nessun erede diretto. Se dovesse leggere quella corrispondenza, dubito che vedrà le vostre azioni come quelle di una madre devota, non credete?»

«Nemmeno voi scendereste così in basso!»

«Per proteggere mia moglie e mio figlio...?» Il duca le fece un magnifico inchino. Quando si raddrizzò non c'era più un sorriso sul suo volto e gli occhi erano morti. «Per loro mi abbasserei fino alle fiamme dell'inferno.»

Tante Philippe sbatté le palpebre, fissandolo e rabbrividì, senza parole. Gli credeva.

VENTI

QUANDO ANTONIA entrò nella stanzetta in soffitta, quattro dei suoi cinque sensi furono aggrediti oltre il tollerabile. La stanza era buia e fredda, puzzava e un bambino stava piangendo. Ma mentre Elisabeth-Louise, Giselle e Gabrielle si ritirarono in fretta in corridoio, Antonia si mise una mano sul naso e sulla bocca e avanzò risolutamente nella penombra. Ciò che scoprì la fece talmente inorridire che dimenticò il suo disagio e il disgusto, come il fatto che il bambino che piangeva fosse il figlio dell'ex amante di suo marito, che avrebbe tranquillamente potuto esserne il padre.

Nell'angolo del piccolo spazio senz'aria, una vecchia sedeva accucciata su un basso sgabello, un braccio teso per far dondolare una culla di legno, gli occhi fissi sul pavimento. Piegata sopra la culla, una ragazza magra come un chiodo, con un vestito consunto, faceva delle smorfie al piccolo occupante urlante, mentre cercava di farlo succhiare dalla tettarella di un biberon. In un angolo, accanto a un bugliolo, c'era una pila di panni sporchi. Non c'era un camino e la piccola finestra era così coperta di povere che non c'era bisogno di tende, tranne che per tenere fuori il freddo.

Antonia andò direttamente alla culla. La vecchia non smise di farla dondolare, né la ragazza smise di fare smorfie. Era come se Antonia non fosse nemmeno lì e dovette chiedersi se era lì che la famiglia rinchiudeva quelli che avevano perso la ragione. Tolse il biberon dalle mani della ragazza, annusò la tettarella e si rese conto che la ragazza stava cercando di far acquietare il bambino facendogli bere del liquore forte. Divenne furiosa.

«*Mon Dieu, pauvre petit bébé*» mormorò, guardando il bambino angosciato. «Non piangere così, *mon petit chou*» disse con la voce dolce che usava con il proprio figlio. «Presto sarai al caldo, asciutto e nutrito. Te lo prometto.»

Il bambino aveva il volto contratto e rosso. Era completamente fasciato, il piccolo corpo avvolto in modo che non si potesse muovere con strisce di tessuto intorno alle gambe e al torso che finivano sopra la testa, tanto che tutto ciò che si vedeva era il suo volto.

Fasciare correttamente un bambino non era una brutta cosa e la maggior parte dei bambini era confortata dall'avere le fasce strette. Anche se Antonia non aveva accettato che suo figlio fosse fasciato in quel modo perché suo padre si opponeva alla pratica per i bambini partoriti nel suo ospedale, tranne che per quelli più deboli, dicendo che tendeva a far diventare pigre le madri e le nutrici, che poi non cambiavano abbastanza spesso i panni dei loro bambini.

Ispezionando questo bambino nella sua culla di legno, Antonia sospettò che fosse uno dei motivi per la sua angoscia. I suoi panni erano completamente bagnati e non sarebbe stata sorpresa di sapere che si era sporcato più volte, tanta era la puzza.

«Dov'è la sua nutrice?» chiese Antonia alla vecchia, poi guardò la ragazza, che si era ritirata in un angolo, con le mani sul volto. «La sua nutrice, dov'è?»

«Fame, niente pane» borbottò la vecchia. «Niente pane. Fame.»

«Alzatevi! Mostrate rispetto!» le ordinò Gabrielle, venendo a mettersi di fianco ad Antonia. «Questa è *Madame la Duchesse de Roxton*, idiota!»

La vecchia rimase seduta. Ma non era sorda. Socchiudendo gli occhi guardò Gabrielle che si era coperta nuovamente naso e bocca con il vestito e poi trasferì lo sguardo su Antonia. La guardò dalla testa ai piedi e ridacchiò, mostrando la bocca sdentata, come se le avessero raccontato un bello scherzo. «Se una fata è una duchessa, allora io sono la regina del pane.»

«Non riusciremo ad avere risposte coerenti da lei o dalla ragazza» mormorò Antonia e andò nel corridoio per interrogare Elisabeth-Louise e la sua cameriera.

«Siete sicura che il bambino in quella stanza sia il figlio di *Madame* Duras-Valfons?»

«Sì, *Madame la Duchesse*» rispose Elisabeth-Louise senza esitazioni.

«Come fate a esserne certa?»

Perplessa, la ragazza guardò Giselle prima di dire con sicurezza: «È l'unico bambino che c'è in questa casa, *Madame la Duchesse*.»

«Ma questo non mi dice che appartiene alla contessa. Come fate a essere sicuri che sia suo? È nato in questa casa?»

«No, *Madame la Duchesse*» rispose Elisabeth-Louise. «La contessa l'ha lasciato alle cure di mia nonna mentre andava a Fontainebleau.»

«Questo non significa che il bambino in quella stanza sia nato da lei» ribatté Antonia. «I bambini indesiderati si possono comprare per uno scudo in ogni vicolo di Parigi.»

«Ma certamente fingere di aver partorito… Per poi comprare un bambino e dire che è il vostro… È un peccato mortale!» disse inorridita Elisabeth-Louise.

«Non saprei, ma conosco la reputazione di *Madame* Duras-

Valfons» dichiarò Antonia. «Non è il tipo da preoccuparsi per i propri peccati, mortali o no che siano. Se quel bambino è veramente suo ho bisogno di prove…»

«*Madame la Duchesse*! So qualcosa» la interruppe imbarazzata Giselle, perché ciò che sapeva l'aveva scoperto origliando. «Ho sentito la *Comtesse* dire a *Madame* Touraine-Brissac che quando fosse tornata a prendere suo figlio, la prima cosa che avrebbe fatto era controllare dietro il suo orecchio sinistro per assicurarsi che fosse il suo e non un bambino scambiato! Ha una voglia di fragola lì. Pensavo che stesse scherzando, ma tutti gli scherzi hanno un fondo di verità, non è così?»

«Sì, grazie» rispose Antonia. «Cercheremo la voglia di fragola quando sarà stato lavato e sistemato. Ma la prima cosa da fare è tenerlo in vita. Sta male in tutti i sensi. Non ho alcuna fiducia nella balia assente. Se esiste potrebbe essere un'altra imbecille, altrimenti perché l'avrebbe lasciato con queste due? Gabrielle, mandate uno dei nostri servitori a prendere Cécile o Céleste, quale delle due è pronta ad allattare a quest'ora. Fatela portare con la mia portantina. Sarà più veloce che non inviare avanti e indietro la carrozza. Domani gli troveremo una nutrice tutta sua.»

Gabrielle fece una riverenza e poi esitò, dicendo in un sussurro all'orecchio di Antonia. «Se è veramente il figlio della contessa, o anche se non lo è, sarebbe certamente meglio lasciare il suo destino nelle mani di Dio?»

Antonia si ritrasse.

«Pensate che dovrei chiudere la porta e andarmene? No! No! È un innocente. E adesso che siamo qui e so che c'è non posso permettergli di soffrire nelle *cure* di gente incompetente. Dovete fare ciò che vi ho chiesto. Oppure, come vi dico sempre, siete libera di lasciarmi…»

«Mai, *Madame la Duchesse*! Mai. Resterò con voi… sempre.»

Antonia sorrise. «Come pensavo. Ora andate. Abbiamo perso abbastanza tempo. *Allez. Dépêchez-vous!*»

«Come possiamo aiutarvi, *Madame la Duchesse*?» chiese ansiosa Giselle.

«Trovatemi una coperta per avvolgerlo; intendo portarlo nel *petit appartement*» disse Antonia a Giselle. «E avrà bisogno di pannolini puliti e altre coperte e un vestitino.»

Quando Giselle, dopo una riverenza, se ne andò in fretta lungo un corridoio di servizio, Antonia si rivolse a Elisabeth-Louise.

«Dovete trovare la governante. Il *petit appartement* ha bisogno di un fuoco nel camino. E avremo bisogno di una cameriera che porti un semicupio e acqua calda…»

«Forse piange perché è malato?» La interruppe Elisabeth-Louise, torcendosi le mani, con lo sguardo lacrimoso che guardava nella stanza oltre i capelli biondi di Antonia. «Se ci avvicineremo potremmo ammalarci anche noi...»

«Tutti i bambini piangono, come scoprirete presto» rispose severamente Antonia. «E questo smetterà di piangere quando non avrà più fame, non sarà più bagnato e non avrà freddo. Ma *si* ammalerà se non fate ciò che ho chiesto e non trovate la governante…»

«Mi dispiace, *Madame la Duchesse*, ma non sono mai stata in questa parte della casa prima d'ora. Non saprei dove andare e mi perderei. Penso anche che sto per stare veramente male!»

«Ecco la coperta, *Madame la Duchesse*» annunciò Giselle tornando con una sottile trapunta e una sguattera al seguito. «Questa è Danielle, è una ragazza di buon senso.»

«Sia ringraziato il cielo per le ragazze di buon senso» borbottò Antonia. Sorrise alla ragazza. «Danielle, voi dovrete trovare la governante» e ripeté ciò che aveva chiesto a Elisabeth-Louise. Quando la sguattera corse via lungo il corridoio, disse a Giselle: «Avrò bisogno del vostro aiuto con il bambino».

«Certamente, *Madame la Duchesse*.»

«Giselle! Giselle! Non potete lasciarmi. Sto male» disse piangendo Elisabeth-Louise.

«Allora dovrete star male da sola» ribatté Giselle e seguì Antonia nella stanzetta in soffitta.

Gabrielle tornò nel *petit appartement* e lo trovò pieno di attività, con un fuoco che ruggiva nel camino e più luce. Giselle si stava occupando della sua giovane padrona, sdraiata sul letto con un cataplasma sulla fronte; la duchessa stava camminando avanti e indietro tra la porta e il tavolo, con una trapunta sulle spalle per stare al caldo, mentre inginocchiate accanto a un semicupio c'erano due cameriere e una donna più anziana che stavano facendo un bagno il più in fretta possibile a un bambino le cui urla di disagio stavano facendo agitare tutti nella stanza.

«È fatto, *Madame la Duchesse*» annunciò Gabrielle sbuffando. «Il domestico non ha avuto problemi a prendere in prestito un cavallo quando il capo stalliere ha visto la sua livrea. Quindi dovrebbero tornare da un momento all'altro.»

«Penso che il tempo stia per scadere» disse tristemente Antonia, guardando il bambino che stavano asciugando. «Non sappiamo quando è stato allattato l'ultima volta. Ma a giudicare dalla sua insistenza, direi che è stato un bel po' di tempo fa.»

«Non preoccupatevi, *Madame la Duchesse*. La balia di Morvan sarà qui presto, e poi smetterà di piangere. La piccola signoria si acquieta immediatamente una volta attaccato al seno. Il silenzio che segue...» Gabrielle sospirò e sorrise, «... è un piccolo miracolo.»

«*Mon Dieu*, sono un'imbecille» dichiarò Antonia, quando le venne un'idea. Andò verso il camino, si tolse la coperta dalle spalle e poi procedette a slacciare la giacca di seta. «Gabrielle! Portatemi una sedia e aiutatemi a togliermi la giacca.» Slacciati i bottoni, disfece abilmente il nodo e sciolse la parte anteriore del corsetto imbottito. E quando Gabrielle l'ebbe aiutata a sfilare la giacca, Antonia si sedette sulla sedia accanto al fuoco e slegò il piccolo fiocco che teneva insieme sul seno la sottile *chemise* di cotone. Alla fine alzò gli occhi. «Portatemelo.»

Gabrielle esitò, inorridita. «*Madame la Duchesse*, non sappiamo niente di questo bambino! Che cosa direbbe *Monsieur le Duc* se sapesse che la sua duchessa si è attaccata al seno un bambino che è il figlio di… che potrebbe essere… Non sappiamo niente di lui!»

«Sappiamo che sta soffrendo per la fame. Non è importante ciò che pensa *Monseigneur*» rispose Antonia con un piccolo sospiro. «Tutto ciò che sono io per questo bambino è un mezzo per nutrirsi e *Monsieur le Duc* sarebbe d'accordo con me.»

«E pensare che eravate quasi riuscita a smettere di allattare la piccola signoria» disse tristemente Gabrielle.

«Anche quello non importa a questo bambino.»

«Sì, *Madame la Duchesse*.»

Mentre Gabrielle andava a prendere il bambino, fu Giselle che sistemò tutto per la comodità di Antonia. Mise una coperta ripiegata sul bracciolo della sedia per imbottirla, ne mise un'altra in grembo ad Antonia per appoggiare il bambino e drappeggiò la trapunta sulle spalle della duchessa per ripararla dal freddo.

Un bimbo urlante ma perfettamente pulito, avvolto morbidamente in una vestaglia bianca, fu messo tra le braccia di Antonia.

«Forse dopotutto è stato il fato che ci ha portati qui oggi» disse tra sé e sé Antonia guardando il fagottino piangente che aveva in braccio. «Ecco, ecco» cercò di calmarlo mentre il bambino voltava la testolina verso il calore del suo corpo, istintivamente cercando ciò che bramava per porre fine alla sua sofferenza, con le grida punteggiate da piagnucolii. «Eccolo, shh. Stai fermo. Non piangere più» gli disse dolcemente, aiutandolo ad attaccarsi al seno. «Puoi avere tutto ciò che vuoi e anche di più, te lo prometto.»

Tutti nel *petit appartement*, tranne Gabrielle, si avvicinarono, affascinati, come se fosse il primo bambino che vedevano al seno di una donna che non era sua madre. Era sicuramente vero per

Elisabeth-Louise che si appoggiò con il gomito sul letto, dimenticando il mal di testa mentre guardava a occhi sgranati una duchessa che allattava un bambino dal proprio seno. Fu una rivelazione.

Ma per le cameriere, per le donne che lavoravano, i bambini venivano abitualmente allattati da donne che non erano la loro madre. Non c'era niente di nuovo in questo, altrimenti come avrebbero potuto continuare a lavorare? Ciò che era insolito, ciò che le aveva incantate, era vedere una nobildonna allattare: era una cosa mai vista. Creature così raffinate, nelle loro sete e velluti, che abitavano il mondo rarefatto dove non dovevano muovere un dito, non allattavano i loro bambini. Le nobildonne erano troppo delicate per fare una cosa così pedestre come produrre il latte dai loro seni. I bambini venivano spediti lontano, in campagna, appena nati, per essere allattati e cresciuti da famiglie di contadini affidabili e, se sopravvivevano, venivano riportati ai loro genitori molti anni dopo. O almeno era quello che pensavano tutte quelle nel *petit appartement*, fino a quel giorno. Fu una rivelazione anche per loro.

Con il bambino finalmente soddisfatto, la pace scese nella stanza, facendo fare a tutti un sospiro di sollievo. Fece sì che Antonia alzasse la testa e si guardasse intorno. Quando le donne distolsero in fretta lo sguardo e continuarono a fare il loro lavoro, Antonia nascose un sorriso e finse di non notarlo. Si rivolse a Gabrielle: «Per favore, fate venire del *café au lait*». E a Elisabeth-Louise, che non aveva distolto lo sguardo ma stava ancora fissando il bambino, affascinata, chiese: «Ha un nome?»

«È Robert, *Madame la Duchesse*» rispose Giselle. «È così che ho sentito dire da *Madame* Duras-Valfons a *Madame* Touraine-Brissac.»

«Robert? Che bel nome forte per uno che piange così vigorosamente, *mon petit chou*.» Antonia sorrise, rivolta al bambino le cui dita si erano aggrappate forte a una delle sue. «E la tua *maman* sarà lieta di vedere che non ti hanno scambiato con un altro.

Quella voglia ha veramente il colore delle fragole, ma col tempo, quando cresceranno i capelli, nessuno la vedrà.» Alzò gli occhi e disse, rivolta alla stanza: «Ora che Robert sta bene, è ora di aprire la porta sulla scala perché chiunque stia picchiandoci sopra sicuramente l'abbatterà».

«Permettetemi, *Madame la Duchesse*» disse tranquillamente Martin Ellicott.

Senza nemmeno un'occhiata di sottecchi alla duchessa che aveva spalancato gli occhi verdi per la sorpresa, superò le donne stupite, che avevano tutte smesso di fare ciò che stavano facendo per fissare quel maschio sconosciuto che era arrivato tra di loro, e attraversò la stanza per andare verso la scala. Nessuno disse una parola, anche se tutte si chiesero da quanto tempo era lì. Tutte pensarono di non poter essere più stupite. Poi, dall'ombra che conduceva al passaggio da cui era uscito apparve qualcun altro. Nessuno dovette chiedersi chi era il gentiluomo magnificamente vestito quando Antonia esclamò felice: «*Monsieur le Duc*! Che magnifica sorpresa. Sono così felice che mi abbiate trovata!»

VENTUNO

Poco prima, Martin Ellicott stava interrogando Sophie, la giovane cameriera cui avevano chiesto di restare all'ingresso della scala che portava all'ammezzato e non dire una parola su dove si trovasse *Madame la Duchesse de Roxton*. La ragazza, obbediente, non aveva fatto parola della duchessa, scusandosi con Martin perché non era in grado di aprire la porta segreta dato che era stata chiusa dall'interno. Era stato allora che era arrivato lord Vallentine chiedendo di sapere dov'era la duchessa.

Martin aveva cominciato a spiegare la faccenda quando Vallentine gli aveva detto di lasciar fare a lui, che sapeva come trattare con i servi recalcitranti. Avrebbe fatto parlare la ragazza anche se non avesse avuto la lingua e avrebbe fatto aprire la porta, *subito*, altrimenti l'avrebbe semplicemente fatta abbattere. Poteva farlo da solo oppure poteva far venire degli uomini con le accette, in un modo o nell'altro avrebbe avuto accesso a qualunque cosa ci fosse dietro quella porta!

La giovane cameriera era scoppiata in lacrime ed era crollata al suolo. Un domestico che passava di lì si era avvicinato per scoprire che cosa stesse succedendo, poi se ne era unito un altro. E poi una cameriera dei piani alti si era precipitata dal salotto più grande, dove faceva parte del contingente di servitori che stavano assistendo il medico di famiglia. E mentre si occupava di Sophie, i due camerieri ascoltavano attentamente le richieste di lord Vallentine.

Martin aveva cercato di interrompere e dire a Sua Signoria che c'era un altro modo, ma la furia di lord Vallentine era tale che non era dell'umore giusto per le alternative che non richiedessero rompere qualcosa. Quindi Martin l'aveva lasciato a rimproverare i domestici, chiedendo risposte a domande cui loro non potevano assolutamente rispondere ed era andato a parlare con il duca.

Proprio in quel momento Roxton aveva lasciato la vecchia zia, con lei che tornava in salotto, mentre lui restava dall'altra parte della stanza, spettatore interessato degli eventi che si stavano svolgendo davanti alla porta segreta, e a quel punto si era unito a Martin al centro della stanza, sotto il lampadario.

«Permettetemi di indovinare. Avete perso la duchessa» aveva ironizzato.

Era stato detto in tono scherzoso, ma quando Martin era impallidito, il sorriso era morto negli occhi del duca che aveva stretto le labbra aspettando spiegazioni.

«Non persa, Vostra Grazia» aveva risposto imbarazzato Martin e in inglese in modo che la loro conversazione restasse privata. «Penso di sapere dove sia Sua Grazia. Ma arrivarci senza troppo trambusto…»

«… senza che Vallentine abbatta la porta?»

«… richiede di passare per i corridoi di servizio.»

«E voi conoscete la strada in quella parte della casa?»

«Sì, Vostra Grazia. Di parecchie di queste case.»

Nessuno di loro aveva parlato di ciò che era ovvio: che negli anni Ellicott aveva accompagnato il duca in molte case aristocratiche: alcune erano le case dei suoi parenti e amici, molte erano la residenza delle sue varie amanti. E mentre il suo padrone era occupato ai piani alti, Ellicott aspettava ai piani bassi.

«Ovviamente» aveva risposto tranquillamente il duca. «Fate strada e vi seguirò.»

Martin aveva esitato. «Dovremmo informare lord Vallentine...»

«E rovinargli il divertimento? Sarebbe così sconsiderato.»

Martin aveva soffocato un sorriso, si era voltato ed era uscito dal salotto con il duca, mentre lord Vallentine urlava minacciando di sventrare il prossimo che avesse osato dire di non sapere dove fosse *Madame la Duchesse de Roxton*.

VEDENDO UNA sedia vuota accanto al tavolo, il duca la portò vicino al camino dov'era seduta Antonia, allargò le falde della giacca e si sedette accanto a lei. Se notò qualcun altro nella disadorna stanza affollata fu solo per un attimo. Gli ci volle un momento per ritrovare la voce... la gioia palese di Antonia nel vederlo non mancava mai di fargli seccare la gola e stringere il petto per l'emozione. Solo che questa volta era doppiamente colpito perché era riuscita a renderlo muto con il suo atto generoso e il duca raramente si lasciava commuovere da qualcuno o qualcosa.

«Il piacere è tutto mio *mignonne*» riuscì a dire dolcemente, schiarendosi la voce, con gli occhi lucidi e con un sorriso che era solo per lei. Armeggiò con il suo occhialino con una mano cui riusciva a malapena a impedire di tremare, lo sollevò all'occhio e poi lo puntò verso il seno nudo della duchessa. «Avete... Siete scappata di casa per perseguire una nuova vocazione?»

Antonia sospirò profondamente, sbuffando. «Non si poteva fare diversamente, *Monseigneur*. Mi dispiace...»

«Per essere scappata o per aver intrapreso un mestiere?»

«Sciocco! Nessuna delle due. Non sono scappata e dopo essermi lamentata con voi per *questo*, credete sinceramente che sarebbe un mestiere che sceglierei?»

Lui sorrise e fece ricadere l'occhialino.

«Allora non c'è motivo di essere dispiaciuta.»

La duchessa fissò il bambino che succhiava soddisfatto e, per la prima volta da quando era entrata nella soffitta trovando il bambino in quelle orrende condizioni, l'emozione finalmente la travolse. Cominciò a piangere.

«Dovevo prendermi cura di lui…non c'era nessun altro! Se non avessi…»

Il duca le mise tra le dita un fazzoletto pulito e si appoggiò allo schienale.

«È naturale volerlo fare, poiché siete anche voi la madre di un bebè.»

Antonia si asciugò gli occhi, sospirò e si voltò sorridendogli. «Tutto ciò non importa, ora che siete qui.»

Il duca le restituì il sorriso e dopo qualche istante disse dolcemente. «Grazie.»

«Per che cosa, *Monseigneur*?»

«Mi sento umile davanti a voi e a volte ne ho bisogno.»

Antonia ridacchiò e gli tese la mano. «Renard, non siate assurdo! Non c'è niente di umile in voi, ed è così che dev'essere.»

Il duca fece una smorfia, ammiccò e le prese una mano.

Quando Antonia guardò ansiosamente verso la scala, distratta, le disse in inglese: «Ho detto a Martin di aspettare il più a lungo possibile prima di aprire il chiavistello, a meno che Lucian non si armi di accetta per abbattere la porta. Ci permetterà qualche momento per un *tête-à-tête*. Ah» aggiunse tornando al francese quando due cameriere si avvicinarono, «e darà a voi il tempo di bere in pace il vostro *café au lait*.»

Fu Giselle ad appoggiare il vassoio con l'armamentario per il caffè sul piccolo tavolo che una cameriera aveva portato davanti alla coppia ducale. E fu Gabrielle che preparò il caffè come piaceva ad Antonia e che le porse la tazza senza il piattino. Dietro a tutta questa attività, aleggiava Elisabeth-Louise, decisa a che la duchessa non dimenticasse le sue difficoltà, anche se era sufficientemente in soggezione del duca da restare muta. Si avvicinò alla coppia ducale con gli occhi bassi e fece una riverenza.

«Elisabeth-Louise, la prossima volta che verrete a trovare la sorella che vive nella villa accanto alla nostra, sarei lieta se entrambe mi faceste visita» disse gentilmente la duchessa. «Ma ora dovete raggiungere vostra nonna prima che anche lei mandi una squadra di ricerca per trovarvi!»

Elisabeth-Louise fece una riverenza. «Grazie, *Madame la Duchesse*, lo farò. Verrò a trovarvi con Michelle. Grazie! Graz...»

«Venite, *Mademoiselle*» mormorò Giselle e portò via la sua padrona.

«La figlia minore del duca di Touraine» riferì Antonia al duca, che osservava con una piccola ruga tra gli occhi la ragazza che veniva accompagnava fuori dalla stanza.

«Questo spiega tutto. Assomiglia molto ad Alphonse, suo padre.» Il duca si sistemò di nuovo, aggiungendo con un sorriso sghembo: «Riveste qualche ruolo in questo melodramma infantile?»

«No, *Monseigneur*. Ha un melodramma tutto suo di cui devo parlarvi, ma più tardi.»

«Riesco a malapena a contenere la mia eccitazione.»

Antonia ridacchiò di nuovo e si sentì meglio. «Sono così contenta che siate tornato da me!»

«Non sono mai stato lontano da voi, *ma fée*. Ma vi chiedo scusa per il mio momento di pazzia. La cavalcata mi ha schiarito le idee. Ho deciso che cosa fare riguardo all'attuale...ehm... situazione.»

«Sì, *Monseigneur*?»

«Niente.»

Antonia sorseggiò il caffellatte con un'espressione perplessa. «Niente?»

«Tutto ciò che conta per me, e tutto ciò che conterà mai, siete voi e Julian.» Poi aggiunse in inglese in modo da continuare la loro conversazione in privato: «Non sono mai stato il tipo da commentare pettegolezzi spuri riguardo la mia condotta. Non intendo cominciare adesso».

Antonia sembrò sollevata. Disse enfaticamente: «Mi fa piacere. Questa idea mi piace molto di più».

«Sono lieto che approviate.»

Passò la tazza di caffè a Gabrielle per appoggiarsi il bambino sulla spalla e massaggiargli dolcemente la schiena per far risalire le bolle nel pancino ed essere espulse con un ruttino. E mentre lo faceva guardò il duca e disse in inglese.

«È un bel bambino, ma non siete voi il padre.»

Lo sguardo del duca andò per un attimo al bebè prima di guardare gli occhi verdi di Antonia senza muovere un solo muscolo facciale.

«È un enorme sollievo. E voi come lo sapete, *ma vie*?»

«Con un padre la cui preoccupazione principale come medico era il parto in sicurezza di molti bebè, non ho potuto fare a meno di imparare un mucchio di cose sui bambini, *oui*? Sono anche l'orgogliosa madre di un figlio di quattro mesi, sano e che cresce bene, che ho tenuto al seno dalla nascita. E voi siete il marito più fedele e devoto. Oh! E sono brava in aritmetica. *Et voilà*.»

Il duca inclinò la testa ammettendo quei punti salienti, dando un'occhiata di sottecchi al bambino col singhiozzo. «Sembra piuttosto piccolo per essere teoricamente nato in primavera.»

«In primavera?» Antonia fece sporgere le labbra sbuffando in modo ben poco signorile. «Non può avere più di sei o sette settimane!»

Il duca scoppiò a ridere alla sua reazione *vallentinesca*.

«Renard! Non mi interessa minimamente com'era tra le lenzuola, ma la madre di questo bambino è una strega senza cuore!»

Il duca annuì, con una mano sulla bocca, ancora troppo in preda alle risate per parlare.

Antonia lo fissò offesa, sul punto di spiegare la sua opinione su *Madame* Duras-Valfons come madre, ma l'aria divertita del duca era contagiosa. Sorrise, rendendosi di colpo conto che cos'era che l'aveva fatto ridere e aggiunse maliziosamente, chinandosi verso di lui, con il bambino appoggiato al collo: «Ora è evidente perché Julian ride quando Vallentine fa quel rumore assurdo. Tale padre tale figlio!»

Il loro momento privato fu interrotto da un forte tonfo sopra la loro testa. In effetti era la porta di servizio che si spalancava e in modo così violento da colpire la parete. Ci fu un rumore di zuffa, e urla, e fu come se un intero battaglione stesse precipitandosi giù per le scale a tutta velocità. Il duca e la duchessa smisero di parlare e prestarono attenzione, mentre tutti gli altri nella stanza si fermarono e aspettarono. L'unico suono tra di loro era quello querulo di un bambino che voleva continuare a mangiare. Tutti gli occhi si fissarono sulla stanza accanto e verso la scala.

Dall'oscurità uscì lord Vallentine, e dietro di lui, che lo seguiva a passo lento, c'era Martin Ellicott. Al seguito, una pletora di domestici che si torcevano le mani. Sua Signoria avanzò rabbiosamente attraverso la prima stanza entrando nella seconda, poi si fermò e si guardò velocemente intorno. Poi ricadde indietro di qualche passo, con gli occhi azzurri spalancati per lo stupore.

«Roxton, sei qui? Antonia, grazie al cielo! E...» Fece un passo avanti e la fissò. «Ehi! Quello non è mio nipote!»

«Le tue capacità di osservazione non sono seconde a nessuno» disse il duca nel suo tono più cortese.

Lord Vallentine guardò oltre le teste dei duchi la stanza piena di cameriere sorprese, poi tornò a guardare il suo migliore amico. Fu tale il suo sollievo di aver trovato la duchessa sana e salva e con suo marito che lo manifestò nel più strano dei modi. Tuonò: «Che diavolo sta succedendo qui?»

VENTIDUE

«RIPETIMI LA parte in cui Montbelliard ti ha raggiunto alla locanda» chiese lord Vallentine mentre tendeva una forchetta d'argento per prendere dal tavolino una fetta di prosciutto per poi metterla sul suo piatto. «È quella parte che mi rende perplesso. Come faceva a sapere che saresti stato in quella particolare locanda?»

«Non lo sapeva» rispose il duca, porgendo il suo bicchiere a uno dei domestici, attento a non disturbare Antonia racchiusa tra le sue braccia.

La famiglia era *en déshabillé*, con le banyan di seta gettate sopra gli indumenti da notte, i piedi infilati in morbide pantofole di pelle d'agnello, e si stava godendo uno spuntino al calore del fuoco nella biblioteca della villa. Lord Vallentine e Martin Ellicott erano sulle poltrone *bergère* davanti ai duchi, che erano rannicchiati sulla *chaise longue*. Antonia aveva la schiena contro il torace del marito, le ginocchia piegate e il loro bambino appoggiato in grembo tra le pieghe della banyan di seta ricamata a cineserie. Aveva dato al bambino il nastro di satin rosa che era ancora legato alla fine della lunga e spessa treccia di capelli biondo-miele e lo stava tenendo occupato. Ogni tanto, Antonia dava una tiratina al nastro e sorrideva quando Julian stringeva il piccolo pugno, deciso a tenerlo.

«Montbelliard si era fermato proprio lì per caso, per cambiare il cavallo» spiegò il duca, «mentre io stavo per partire, diretto a casa.»

Sua Signoria passò qualche momento ad ammucchiare cibo sul suo piatto per un piacevole spuntino, con un'occhiata a Martin Ellicott che stava sorseggiando il caffè in silenzio guardando la duchessa, e disse tra un boccone e l'altro: «Era pronto a cavalcare per tutto il percorso fino a Fontainebleau per trovarti? Solo per avvertirti del piano ridicolo di *Tante Philippe* di mettere in imbarazzo la duchessa?»

«Qualcosa del genere» ammise il duca.

«Immagino che l'eroismo di Montbelliard giustifichi qualche lode da parte tua. Ma ti rende più disposto verso di lui e il suo diritto al titolo di Salvan?»

«Lo vedrò in privato e farò ciò che posso per lui. Ma non riconoscerò pubblicamente né lui né il suo diritto al titolo finché Salvan sarà in vita.»

Lord Vallentine continuò a demolire un panino ripieno di fette di prosciutto, formaggio e cipolline sottaceto. «Allora si dovrà accontentare di quello… Maledizione!» esclamò, tornando a pensare alle vecchie zie. «*Tante Philippe* è davvero una vecchia subdola, ma non avevo mai sospettato che arrivasse a *quel* punto. Il suo piano superava ogni limite!»

«Un piano che avete colto in fretta, milord» commentò Martin Ellicott. «E che, grazie al cielo, siete stato in grado di sventare appena in tempo.»

«Davvero? Sì!» lord Vallentine si chinò verso Martin. «Ripetetemi come ho fatto a riuscirci.»

«La vostra prima reazione arrivando a casa Touraine, quella di palpabile furia, è stata tatticamente un colpo da maestro.»

«Un colpo da maestro?» ripeté lord Vallentine, annuendo,

molto compiaciuto per quella descrizione. Alzò la testa. «Sì, vero?» disse adagiando il panino mezzo mangiato. «Continuate, per piacere, e spiegatelo alle Loro Grazie. Non ci si può lodare da soli e voi siete stato testimone di questo-questo *colpo da maestro.*»

«Certamente, milord» rispose tranquillamente Martin, nascondendo un sorrisino quando colse il duca che sogghignava. «È stato con una rapidità di pensiero straordinaria che nemmeno cinque minuti... No! Cinque secondi dopo essere arrivati al piano di sopra per essere annunciati, Sua Signoria ha capito che cosa c'era in ballo, con tutta la famiglia vestita in modo formale nei loro abiti a lutto. Avete usato la parola *embuscade*, milord...»

«Perdiana! È vero! È così. Ben fatto per averlo ricordato, Ellicott» rispose Vallentine, dicendo a denti stretti: «È ciò che era, proprio così. Una pletora di loro in agguato. Cercando di far passare la loro imboscata per una cena con pochi amici! Ah! Pochi amici un corno!»

«E prima che *Madame la Duchesse* potesse reagire, o, addirittura prima che la famiglia potesse salutarci» continuò Martin senza perdere un colpo, «Sua Signoria è andato all'attacco. Dire che era furioso sarebbe un eufemismo. In effetti non mi meraviglia che *Madame* Sophie-Adélaïde abbia urlato e sia svenuta. Lo scompiglio che ne è seguito è stata una distrazione sufficiente per ritardare e infine per sventare il piano di *Madame* Touraine-Brissac.»

«Non avrei potuto dirlo meglio se l'avessi detto io, Ellicott!»

Antonia sospirò e voltò i grandi occhi verdi verso Sua Signoria. «Che peccato che io non abbia potuto vedervi in azione, Vallentine...»

«Sì, è stato un peccato perché...»

«Perché appena avete voltato le spalle sono stata rapita sotto il vostro naso...»

«Sotto-sotto il mio naso?» balbettò Sua Signoria, alzandosi a metà dalla poltrona, abboccando all'amo. «Ehi, non è giusto!

Avevo voltato le spalle per meno di...» fece schioccare le dita. «Come facevo a sapere che cosa aveva progettato quella risma...»

«Non fatevi venire un'indigestione» si lamentò Antonia. «Avrei voluto vedere la vostra furia tempestosa in azione e la reazione delle vecchie zie.» Si rivolse a Martin, dicendo con gli occhi sgranati e un sorriso malizioso e divertito: «Dev'essere stato divertentissimo!»

«Sì, *Madame la Duchesse*. E l'uscita precipitosa dal salotto di Sua Signoria è stata in netto contrasto con l'arrivo di *Monsieur le Duc*. Anche se entrambi sono riusciti a sorprendere e a sventare i piani ben congegnati di *Madame* Touraine-Brissac.»

«Ovviamente, nessuno può eclissare *Monsieur le Duc* in qualunque salotto. È sempre *magnifique*» dichiarò orgogliosamente Antonia. Alzò il volto verso suo marito. «Avrei voluto vedervi fare la vostra *grande entrée* sotto il lampadario! Anche nell'ammezzato buio eravate uno spettacolo da non perdere nel vostro abito di velluto nero e giaietto.» Sorrise maliziosa, aggiungendo piano: «Mai io vi preferisco senza...»

Roxton la interruppe con un bacio dolce e mormorò, quasi non riuscendo a mantenere il volto impassibile: «Comportatevi bene».

Antonia fece il broncio, fingendosi sconsolata, ma anche lei non riuscì a nascondere l'allegria nei suoi occhi. «Ma non intendo *comportarmi bene* più tardi, quando noi...»

Il duca la baciò di nuovo, ma questa volta fu il forte strillo del figlio che interruppe la frase ponendo fine al momento intimo tra la coppia. Il loro bambino stava agitando le braccia, aveva nella mano sinistra il nastro di satin che era riuscito a togliere dai capelli di sua madre.

«*Quel singe effronté*!» esclamò Antonia ridendo. Si chinò e baciò la guancia rosea di suo figlio, gli passò il naso sul collo e poi gli baciò il pugno, rimuovendo abilmente il lungo nastro di satin dalle sue dita per poter legare la treccia prima che si sciogliesse. «Vuoi rubare la scena a tuo padre, JuJu. *Hein*?»

«Ci vorrà parecchio tempo prima che ci riesca!» esclamò burbero lord Vallentine, cominciando a muoversi per congedarsi. Mise da parte il piatto e si strinse la vestaglia, poi si alzò e disse, soffiando fuori il fiato: «È stata una lunga giornata per tutti noi e dovrò cominciare presto. Vedrò Montbelliard alla *Grande Écurie…*»

«Vi ha messo in imbarazzo che abbia baciato *Monseigneur*?» gli chiese Antonia incuriosita. «Vi chiedo scusa per l'imbarazzo, ma non per il bacio. E non voglio che ve ne andiate ancora. Vi devo ringraziare…»

«Non ce n'è bisogno!»

«Antonia ti ha chiesto di restare, Lucian» disse sottovoce il duca, segnalandogli con gli occhi di sedersi.

Vallentine si sedette, ma proprio sul bordo del cuscino della poltrona e con le mani tra le ginocchia, come uno scolaretto rimproverato, e servì a sottolineare il suo disagio, dimostrando che Antonia aveva ragione. Come anche il fatto che fu obbligato ad aspettare che Antonia augurasse la buonanotte al suo bambino prima di consegnarlo alle bambinaie. Guardò le donne che si affrettavano ad andarsene con il pargolo ducale, così preso dai propri pensieri riguardo alla sua incombente paternità che annuì quando Martin Ellicott si rivolse a lui, ma senza la minima idea di che cosa avesse detto. Almeno fino a quando un cameriere fu in piedi davanti a lui con un vassoio con una bottiglia di cristallo e dei bicchieri. Prese meccanicamente il bicchiere di brandy e quasi gli sfuggì dalle dita quando sentì le parole pronunciate da Antonia.

«Vi voglio bene, Lucian» disse Antonia gentilmente e sorrise quando lo vide arrossire fino a diventare scarlatto. «Siete il migliore dei fratelli. Ciò che avete fatto oggi, alla *soirée* di *Tante Philippe,* per cercare di proteggere me e difendere l'onore di *Monsieur le Duc* è stato eroico. Lo crediamo veramente, vero, Renard?»

«Sì.»

«Quindi non dovete mai pensare che non vi apprezziamo. Ma a me» aggiunse, con le fossette in mostra, «a me piace prendervi in giro! E chi altro posso prendere in giro se non *mon beau-frère*?»

«E dopo la parte che hai avuto nel piccolo... ehm... dramma di oggi, senza dubbio hai qualche domanda» disse il duca sorseggiando il brandy. Fece il suo solito sorrisino sghembo. «E preferirei fornirti io le risposte anziché lasciare che ti basi su ciò che ti dice tua moglie nelle sue lettere.»

Vallentine non sorseggiò. Svuotò il bicchiere in un sol sorso e lo tese per farselo riempire di nuovo. Poi, con il bicchiere appoggiato sul ginocchio rivestito di seta e un'occhiata di sottecchi a Martin Ellicott che stava anche lui sorseggiando piano un brandy, si schiarì la voce e disse: «Sì. Ma forse preferiresti non rispondere ed è un tuo diritto e...»

«Sì» lo interruppe il duca, «ma, credimi, ti sei meritato le risposte, Lucian. E ho ben pochi segreti per i presenti». Sbuffò. «E sono sicuro che Martin conosca i pochi che ho e abbia le risposte. Quindi, forza, chiedi pure!»

VENTITRÉ

«IN TAL CASO, ci sono due cose che mi lasciano ancora perplesso da quando mi sono precipitato giù da quella scala e ho trovato entrambi.» Sua Signoria si chinò in avanti, adesso con il bicchiere in mano e chiese a bassa voce, come se temesse che qualcuno lo sentisse: «Non c'è un modo delicato di chiederlo, quindi lo farò e basta. Il bambino che *Madame la Duchesse* stava allattando. Di chi è?»

«È il figlio della contessa Duras-Valfons e di suo marito, il barone Thesiger.»

Vallentine alzò il bicchiere e fece un versaccio. «*Aye*! E se è ciò che vuoi che credano tutti, allora è quello che dirò.»

Antonia lo guardò piegando la testa, confusa. «Non credete a *Monseigneur*?»

«Crederò a qualunque cosa mi dirà di credere, ma, detto tra noi, mi mangerò una scarpa se quel bambino è stato concepito da Ricky l'Ingordo.»

Antonia si sedette più eretta. «Non mi interessa minimamente ciò che hanno detto alle vecchie zie, o che cosa *Madame* vi ha scritto nelle sue lettere o ciò che dicono i pettegolezzi in generale, ma quel bambino non è stato concepito da *Monsieur le Duc*...»

«No! No! Non era ciò che intendevo! Sul mio onore! Avete mai conosciuto Thesiger?»

«No, non ho ancora avuto il piacere.»

Sua Signoria fece un altro versaccio. «Piacere? Ricky è più un fenomeno da baraccone. E lo è da quando era a Eton con noi. È il ghiottone per eccellenza. Perché credete sia chiamato Ricky l'Ingordo, eh? Dubito che si sia visti i piedi negli ultimi dieci anni o più.»

Il duca fece roteare il brandy nel bicchiere e guardò l'amico. «Tutto ciò che importa è che sia sposato con la contessa. E qualunque figlio è suo, che sia vero o meno che la sua allarmante... ehm... circonferenza gli impedisca di compiere il suo dovere coniugale.»

Lord Vallentine fece una smorfia di disgusto, poi guardò storto il duca, con una significativa occhiata di avvertimento alla duchessa. Ma la sua risposta fu così piacevolmente diretta che si chiese perché si fosse preoccupato di risparmiarle il rossore.

Antonia toccò la mano del duca. «Avere un marito simile deve far sentire profondamente alla contessa la perdita di voi come amante. Mi dispiace un po' per lei. Ma solo un po'. Mi dispiacerebbe di più ma non posso, visto come ha trascurato suo figlio.» Ebbe un pensiero improvviso. «*Monseigneur*! Che il suo ingordo marito sia o meno in grado di compiere il suo dovere coniugale, qualunque bambino lei abbia viene considerato di suo marito secondo la legge, *n'est-ce pas*?»

«Sì» confermò il duca e le baciò il dorso della mano. «Ed è il motivo per cui ho dichiarato che il bambino è figlio della *Comtesse* Duras-Valfons e di suo marito, il barone Thesiger.»

Antonia strinse gli occhi. «Mi riprendo il dispiacere per lei! Far dubitare la parentela di suo figlio è una cosa mostruosa! Non m'importa quanto sia *grossièrement gras*, che sia lui il padre o meno, suo figlio merita un'eredità. E quindi, se il barone Thesiger lo riconosce, allora è suo figlio. *Voilà.*»

«Nonostante il comportamento orrendo della contessa verso di noi, siate certa che il barone Thesiger non sarà privato dell'opportunità di avere un erede.»

«Intendi informarlo?» chiese lord Vallentine.

«Sì. Come ricordo dai nostri giorni a Eton, l'Ingordo… ehm, Ricky non era una persona sgradevole. Ottuso. Ma senza cattiveria. Domani mattina partirà una lettera che informerà Thesiger che sua moglie ha abbandonato il bambino per i piaceri di Fontainebleau, lasciandolo alle cure di una vecchia megera, una ragazza idiota e una nutrice negligente.» Il duca sorseggiò il suo brandy. «Il bambino non potrà che stare meglio se Thesiger deciderà di riconoscerlo.»

Antonia era ansiosa. «Lo prenderà con sé, *Monseigneur*?»

«Probabilmente è la sua unica possibilità di avere un erede legale.» Poi aggiunse, per calmare la sua ansia: «Thesiger non è un uomo cattivo, *mignonne*. In effetti credo che sarà grato e farà il suo dovere nei confronti del bambino».

«Allora mi fa molto piacere che sia il papà del bambino» rispose Antonia. «E vi dirò che cos'altro mi fa piacere…» Guardò Martin con un sorriso, ma si rivolse a Sua Signoria, «sapere che cosa mangerà Lucian a colazione!»

«Eh? Colazione? Perché vi fa piacere ciò che mangerò a colazione?»

Se Vallentine era perplesso, non lo era Martin Ellicott e le sue spalle si stavano già scuotendo per la risata.

«*Madame la Duchesse*» chiese ridacchiando. «Che cosa suggerite, la salsa di Isigny o una *béchamel* come contorno per la scarpa di cuoio?»

Risero tutti tranne Vallentine.

«Oh! Ah! Ah! Divertitevi pure! Ma non sono l'unico che mangerà una scarpa a colazione quando sentiranno che Ricky l'Ingordo ha un erede! Inoltre quel demonio di sua moglie sta raccontando in giro che non è vero, quindi non so come farete a fermare i pettegolezzi.»

«Ciò che pensano gli altri non è importante» disse sprezzantemente Antonia. «Tutto ciò che conta è quello che pensa la famiglia di *Monseigneur*... e *voi*.»

Martin Ellicott e Sua Signoria si guardarono in faccia, fecero tintinnare i loro bicchieri poi li alzarono verso i loro ospiti. «Brava!»

«Vi dirò una cosa» aggiunse lord Vallentine. «Non sono un esperto di neonati, ma il marmocchio di Thesiger sembrava un po' piccolo se si suppone che dovrebbe essere nato più o meno nello stesso periodo di mio nipote.»

«Estée vi ha raccontato tutta la sordida storia che circola!» disse scherzoso il duca.

Lord Vallentine si agitò sulla poltrona e cercò in tutti i modi di trovare una risposta adatta che non implicasse sua moglie né offendesse il suo amico. Antonia andò in suo soccorso e Vallentine sospirò pesantemente di sollievo.

«Quando arriverà il vostro bambino, lo conoscerete intimamente e vedrete come cresce in fretta. E poi queste cose non saranno più un mistero per voi» gli predicò. «Ma devo lodarvi per aver visto la differenza tra i due bambini perché la maggior parte della gente non lo avrebbe notato! Tutto ciò che vedono sono due bambini. Quando chiunque abbia passato del tempo con un bambino saprebbe che uno di sei settimane è notevolmente diverso, sia in dimensioni sia in capacità, da uno di quattro mesi.» Fece spallucce e il broncio. «Quelli di corte non hanno la minima idea di come siano i loro figli perché li spediscono via appena partoriti! Ed è inconcepibile per me, e molto triste. Non potrei mandare via Julian, come non potrei smettere di respirare.»

«Perché li mandano via?» chiese Vallentine in tono colloquiale. «Dopo tutto il tempo e i problemi della gravidanza, per non parlare del parto, e poi mandarli via in quel modo? Francamente sono perplesso.»

Appena fatta la domanda si sedette immediatamente e sbatté gli occhi, grandemente sorpreso di scoprire di essere sinceramente interessato alla risposta e all'argomento dei bambini in generale. Guardò per caso il duca e lo trovò che lo fissava con un sorriso sornione e le sopracciglia inarcate. E poi capì, in quel momento, che quella rivelazione non era più privata e che non era l'unico ad averla sperimentata. Sorrise timidamente e finì le ultime gocce di brandy.

«Vengono mandati in campagna per essere allevati da altri» gli disse Antonia. «E lì restano finché non sono più bambini! Alcuni genitori si avventurano in campagna per andare a trovarli una volta ogni tanto per assicurarsi che i loro figli siano ancora vivi e stiano prosperando, ma la maggior parte non lo fa.»

«Non è successo a voi, o al duca e sua sorella.»

«La mia separazione è avvenuta più tardi» dichiarò seccamente il duca, sospirò e poi riprese il controllo e aggiunse: «No, i miei genitori non ci hanno mandato via. Ma erano stati considerati estremamente originali per aver voluto tenere i loro figli tra i piedi. Senza dubbio riterranno anche noi originali per aver continuato la tradizione di famiglia...»

«Ma a noi non interessa minimamente, vero, Renard?»

«Esatto.»

Lord Vallentine guardò Martin. «E voi, Ellicott? Siete stato mandato in campagna da neonato?»

«I miei genitori vivevano già in campagna, milord. E no, non mi hanno mandato via, perfino quando il quarto duca si offrì di pagare le spese per mandarmi in un collegio locale.»

«Oddio, Martin! Per essere riuscito a estorcere una certa somma di denaro dal quarto duca, avervi tra i piedi doveva essere veramente problematico! Buon per voi» disse il duca.

«Grazie.»

«E voi, Lucian» chiese Antonia. «Siete stato mandato in campagna da neonato?»

«Penso che sia diverso per i bambini in Inghilterra. Ma temo di non ricordare la mia vita prima dell'età di Eton» si scusò Vallentine.

Antonia fece una smorfia. «Eton non è un'età. È un villaggio e una scuola.»

«Ah! È quello che pensate voi! Per me c'è un *prima di Eton* e poi c'è *Eton* e poi c'è *dopo Eton*. Prima di Eton, beh quei ricordi sono un po' nebulosi. Mi hanno spedito in un collegio appena sono passato dalle gonne ai calzoni. Direi che avevo sui sei anni...»

Antonia era inorridita. «Sei? *Mon Dieu*! È diabolico!»

«Forse» disse Vallentine facendo spallucce. «Ma io non lo sapevo. E qualche anno dopo arrivò Roxton a tenermi compagnia, e allora cominciò la mia vera vita!» Si accigliò ricordando. «All'inizio mi odiavi, mi tiravi i sassi e il fango.»

«Non prenderla sul personale. Odiavo tutti.»

«Ah, vero! Ovviamente non me l'ero presa perché sono ancora qui!» Gli venne in mente una cosa e chiese ad Antonia: «Questi bambini che vengono spediti in campagna... Se i loro genitori non li vedono da un anno all'altro, come fanno a sapere quando li rivedono che il bambino cresciuto è lo stesso che hanno consegnato?»

Antonia fece spallucce. «È una buona domanda, Lucian. Non so rispondere.»

Lord Vallentine rimase inorridito e balzò fuori dalla poltrona. «Questo decide tutto! Mio figlio non verrà spedito da nessuna parte. Resterà proprio qui. Non mi interessa che cosa dice Estée. Potrà fare tutti i capricci che vuole, ma non mi smuoverà!»

«Puoi stare tranquillo, Lucian» disse placidamente il duca. «Mio nipote sarà allevato con noi e ci starà in mezzo ai piedi, insieme a suo cugino, sia che tu e mia sorella lo vogliate o no.»

«Bene! Puoi dirglielo tu.»

Il duca fece un sorrisino sghembo. «Sì, pensavo che questo compito sarebbe toccato a me.»

«Non preoccupatevi, nessuno dei due» dichiarò Antonia.

«*Madame* non vorrà che suo figlio venga spedito lontano. Non desidera allattarlo, ma lo coccolerà.»

«Posso sapere, milord, che cosa vi ha fatto decidere?» chiese Martin Ellicott.

«Non è ovvio? Se lo mandassi a balia, come farei a sapere che riavrei lo stesso? No! Lo terrò d'occhio giorno e notte finché non sarò sicuro solo guardandolo che è mio!»

«Ci vorranno al massimo due giorni» mormorò il duca. Poi chiese ad alta voce: «Avevi un'altra domanda?»

Lord Vallentine prese la borsa di tessuto tappezzeria che c'era di fianco alla sua poltrona e rovesciò poco cerimoniosamente il suo contenuto sul tavolino, creando una pila di campioni di tessuto, biglietti, metri di cordoncini e nastri, quadrati di cartone dipinti in varie tonalità di rossi, blu e gialli, e campioni di carta decorata. Antonia e Martin si chinarono in avanti, meravigliati alla vista di una serie di campioni di quelli che sembravano essere carta da parati, vernice e rivestimenti. Il duca capì al volo per che cos'erano e da chi venivano e ridacchiò tra sé e sé.

«Questa roba è arrivata da *Madame* mia moglie mentre eravamo con le vecchie zie» spiegò lord Vallentine, fissando il mucchio e grattandosi la testa sotto il morbido berretto da notte di seta con le frange. «Secondo la sua lettera, ho delle difficili scelte da fare per l'ammodernamento della mia stanza, dello spogliatoio e la stanza di Pearson...» Guardò di colpo il duca con un cipiglio sul volto. «È stata una tua idea?»

«Sì, e al momento giusto.»

«Arriverà alla fine della settimana e avrà un paio di *marchands-merciers* al seguito, perché sembra che non possiamo semplicemente ripitturare e cambiare tappeti, mobili e tende, ma che ci servano una moltitudine di *objets d'art* per completare il tutto. E ci si aspetta che io scelga e *lei* si aspetta un risultato!»

«La nausea mattutina di *Madame* è svanita?» chiese Antonia, sorpresa.

«Nausea mattutina?» ripeté lord Vallentine. «Ora che ci penso… non ne ha mai parlato nella sua lettera.»

«Con un intero appartamento da ammodernare e riarredare, e *objets d'art* da ficcare dal pavimento al soffitto perché dovrebbe?» disse tranquillamente il duca.

Antonia sgranò gli occhi, si voltò e ricadde contro il duca, con il volto rivolto verso di lui. «Oh, Renard! Siete così astuto!»

Roxton ammiccò, le strofinò la punta del naso con il proprio e rispose con un sorriso canagliesco: «Vero?»

«Ehi! Ehi! Occupatevi di ciò che è importante qui!» si lamentò lord Vallentine.

«E che cos'è, milord?» chiese Martin.

Tutti e tre guardarono Sua Signoria aspettando una risposta.

Lui guardò la sua famiglia, completamente nel panico. «Nel nome di tutto ciò che è sacro, che cosa dovrei fare con tutta questa roba?»

VENTIQUATTRO

Il maggiordomo accompagnò la sorella di Elisabeth-Louise nonché vicina di casa dei Roxton, Michelle Haudry in biblioteca. La scortò fino a metà della lunga stanza e poi la lasciò senza dire una parola. Michelle era troppo educata per guardarsi intorno e fissò diritto davanti a sé il gentiluomo seduto dietro una grande scrivania carica di pergamene e libri. Lui non alzò gli occhi ma continuò a scrivere come se lei non fosse lì. Lo sguardo di Michelle andò al servitore silenzioso in piedi accanto alla poltrona del suo padrone con in mano un polverino, ma quando nemmeno lui la guardò, si chiese se forse il momento scelto per la visita fosse stato inopportuno. Ma dato che non l'avevano respinta alla porta, poteva solo presumere che la sua presenza non fosse del tutto sgradita.

Non ci voleva un grande intelletto per rendersi immediatamente conto che era il padrone di casa quello occupato con la sua penna. Dalla finestra del piano superiore della propria casa, aveva intravisto *Monsieur le Duc de Roxton* mentre era in giardino a passeggio con la sua duchessa, al sole d'inverno. Ma adesso, a solo pochi metri di distanza da lui, era in grado di vedere che era eccezionalmente attraente, anche grazie al suo abbigliamento, vestito com'era tutto di velluto nero e pizzo bianco, con una banyan di seta a cineserie appoggiata sulle spalle e i capelli neri lasciati al naturale legati sulla nuca da un grande fiocco di seta bianca.

Michelle non era timida ed essendo figlia di un duca non era impressionata dalla nobiltà del padrone di casa. Ma c'era qualcosa di avvincente in *Monsieur le Duc de Roxton*, un'aura... Sì, ecco che cos'era! Un'aura di sinistra autorità e decadente forza trattenuta che trovava affascinante ma che le causò anche un piccolo brivido.

Il suo primo istinto fu di fare una riverenza, scusarsi e retrocedere. Poi ricordò il suo dovere di moglie, sorella e figlia. E che non era lì per una visita di cortesia, ma per ottenere un risultato soddisfacente per tutte le parti, che avrebbe assicurato non solo il futuro di sua sorella, ma il futuro della famiglia di cui faceva parte per matrimonio.

Raddrizzando le spalle, decise di avvicinarsi alla scrivania quando una voce dolce interruppe i suoi pensieri e le incollò le scarpine al pavimento.

«*Madame* Haudry! Che piacere che siate venuta a trovarci. Per favore scusatemi se vi ricevo qui in biblioteca, ma mio cognato ha trasformato il mio salotto in una mostra del genio creativo di *Monsieur* Meissonier! Volete unirvi a me per un *café au lait*?»

Michelle Audry si voltò e lì, davanti a un sofà imbottito, con un libro in mano, c'era una bellezza minuta in una *robe volante* di lampasso giallo limone intessuto di fili d'argento e seta verde. Riconobbe la duchessa per averla vista in giardino e rimase un'altra volta sorpresa. Prima dal duca e ora dalla sua duchessa, che non solo era straordinariamente bella con gli occhi verdi ipnotici ma anche così piccolina. Elisabeth-Louise aveva detto che la duchessa non era diversa da una fata che fosse apparsa tra di loro; per una volta Michelle non pensò che sua sorella avesse esagerato.

«*Madame la Duchesse*! Le mie scuse» rispose arrossendo perché si era resa conto che la stava fissando. Sprofondò in una profonda riverenza. «Non vi avevo vista lì.»

«Forse ho bisogno di dieci centimetri di tacchi e non cinque, *hein*?» rispose Antonia con un sorriso e indicò il divano davanti a sé, tornando a sedersi. Appoggiò il libro accanto a una pila di lettere aperte e si mise le mani in grembo. Michelle Haudry notò che i polsi della duchessa erano coperti da braccialetti di perle, uno dei quali con un cammeo che ritraeva il duca. «Sono lieta di fare finalmente la conoscenza dei nostri vicini. Anche se non posso dire che sia fortuita, perché sono state le nostre cameriere a procurare questo risultato. Non è piccolo il mondo? Ma ne sono lieta, perché ci permette di vivere facendo contenti tutti.»

Prima che Michelle Haudry potesse rispondere, la duchessa indicò ai due camerieri in servizio accanto al carrello del tè mattutino di mettere il vassoio d'argento con il necessario per i caffè e un piatto di macarons sul tavolino in mezzo a loro.

«E ora tocca a me scusarmi, per lo stato del mio abbigliamento» continuò Antonia in tono colloquiale. «Ho detto al duca di aspettarsi una visita da voi più tardi in giornata, ma non così presto dopo la colazione. Quindi dovrete prenderci come ci trovate. Forse c'è stata da parte mia un'incomprensione riguardo all'ora della vostra visita?»

Che la coppia nei loro sontuosi vestiti fosse *en déshabillé* fu un'altra sorpresa per Michelle Haudry. Ma fece del suo meglio per frenare il suo stupore e disse nel modo più tranquillo che le riuscì: «Nessun fraintendimento da parte vostra, *Madame la Duchesse*. È completamente colpa mia. Ho interrotto la vostra mattinata, ma avevo bisogno di parlare con voi senza che fosse presente mia sorella.»

«Oh? Lei lo sa o forse tornerete entrambe questo pomeriggio?»

«Dipenderà dall'esito di questa visita» rispose distrattamente Michelle Haudry, osservando i camerieri versare il caffè in due delle tazze. «Elisabeth-Louise non sa che sono qui.»

«Allora speriamo che l'esito sia quello che volete» rispose Antonia con un sorriso e porse alla sua ospite una delle tazze di porcellana, mettendosi poi comoda per bere il suo caffè. Non fece altri commenti ma dalla sua espressione era ovvio che si aspettava che la sua ospite le fornisse ulteriori spiegazioni per la sua intrusione nella loro intimità mattutina.

«*Madame la Duchesse*, Elisabeth-Louise è venuta a trovarmi ieri sera e mi ha raccontato gli eventi straordinari che sono accaduti a casa di nostra nonna. Dire che sono rimasta sbalordita è un eufemismo. Ma dopo aver parlato con la sua cameriera ho avuto la conferma che ciò che mi raccontava era veramente ciò che era accaduto, anche se confesso che sono ancora meravigliata della vostra generosità verso un bambino a voi sconosciuto che…»

«Per favore, *Madame* Audry. Siete una madre. Ho fatto ciò che avrebbe fatto qualunque madre per un bambino angosciato.»

«No, *Madame la Duchesse*» la contraddisse in tono deciso Michelle Haudry, mettendo da parte la lattiera e prendendo la tazza di caffè. «Nessuna delle madri nella mia cerchia sociale avrebbe avuto la vostra presenza di spirito. E includo me stessa in questa valutazione. Ho tre figlie, due ancora con le redinelle, ma ho avuto balie per allattarle e curarle fin dalla nascita.» Sorseggiò il suo caffè e poi guardò la duchessa negli occhi e disse con calma: «*Madame la Duchesse*, so che siete a conoscenza della… *difficile situazione* di Elisabeth-Louise e che lei vi ha implorato di aiutarla. Io condanno la sua impetuosità e mi scuso per lei. Non avrebbe dovuto mettervi nella condizione di essere la sua confidente. Ha portato a farvi sentire in obbligo e sono sicura che ne è perfettamente conscia. Elisabeth-Louise è sempre stata il tipo da scegliere la via più breve per ottenere ciò che vuole, senza curarsi dei rischi. E ciò che vuole è diventare la moglie del cavaliere Montbelliard, quindi ha fatto tutto ciò che era in suo potere per obbligare mio padre ad accettare quell'unione.»

«In qualche modo vi state prendendo la colpa per la condizione di vostra sorella?» chiese Antonia incuriosita. «Non dovreste. Quando il cuore comanda sulla testa e una persona si sente in quel modo, le conseguenze non sono importanti. Vedo che vi ritraete davanti a questa semplice verità ma vi dico che è solo naturale per due persone innamorate cedere ai loro sentimenti. *Et voilà*! E poi arriva la difficile situazione.» Sentendo la sua presenza, Antonia alzò gli occhi. «Sono troppo schietta, *Monseigneur*?»

«Per niente» rispose il duca unendosi a loro. «Non troppo schietta ma franca e sempre sincera. Perdonatemi per non avervi salutato quando siete arrivata, *Madame* Haudry. Era l'ultima delle mie lettere per oggi.»

«Mi fa piacere» disse contenta Antonia e raccolse le sottane in modo che il duca potesse sedersi accanto a lei. «Adesso potete bere il caffè con noi.»

Michelle Haudry si alzò dal divano e sprofondò in una riverenza in un solo fluido movimento. E quando il duca si inchinò, in segno di accettazione non solo della sua presenza, ma del suo status come figlia del *Duc de Touraine*, Michelle ingoiò il groppo che aveva in gola, troppo sopraffatta per parlare.

Il duca si strinse la banyan di seta sul gilè di velluto e si sedette accanto alla sua duchessa. Se uno dei due si rese conto che la loro ospite era emotivamente scossa, finsero di non notarlo e fu compito del duca riportare Michelle Haudry al presente con una sua schietta valutazione.

«Non assomigliate per niente a vostro padre, *Madame* Haudry.»

Michelle Haudry si sedette di nuovo, più a suo agio e disse, con una risatina: «È vero, *Monsieur le Duc*. Elisabeth-Louise assomiglia moltissimo a *notre père*. Io ho ereditato il suo cervello e lei la sua bellezza.»

Roxton disse ad Antonia: «Vedete. *Madame* Haudry e io siamo stati entrambi sinceri. Anche se lei è troppo dura con se stessa».

«*Madame la Duchesse*, se *Monsieur le Duc* fosse stato schietto, avrebbe detto che io sono la sorella bruttina nella mia famiglia.»

«*Monsieur le Duc* dice sempre la verità. *Siete* troppo dura» dichiarò Antonia. «Avete un aspetto gradevole e occhi scuri espressivi e coloro che sono benedetti con una grande bellezza ma non con il cervello diventano in fretta noiosi, e così ottundono non solo la vista ma anche il desiderio. Può dirvelo il duca stesso.»

«Potrei farlo, ma l'avete appena fatto voi, *mignonne*» ribatté il duca. Guardò Michelle Haudry da sopra il bordo dorato della tazza di caffè. «Passiamo agli affari? Dato che siete venuta da sola e a quest'ora, presumo che siate stata inviata come emissaria, in modo che, se l'esito di questo incontro fosse deludente per voi, possiate battere in ritirata con l'onore di vostro padre e la considerevole fortuna di vostro suocero, intatti.»

Era una novità per Antonia. Si aggrappò all'unica parola che aveva senso per lei. «Inviata? *Pourquoi donc*?»

«*Monsieur le Duc* ha ragione, *Madame la Duchesse*» spiegò tranquillamente Michelle Haudry. «Sono stata inviata. Non da mio padre ma da mio suocero, André Grimold Haudry. Noi, mio suocero e io, abbiamo pensato che fosse meglio tenere all'oscuro mio padre fin dopo questo incontro.»

«Il duca di Touraine non è al corrente del fatto che la figlia minore è stata... ehm... messa incinta dal cavaliere?»

Michelle Haudry arrossì scarlatta ma il suo tono restò calmo. «È così, *Monsieur le Duc*.»

«E quanto alla proposta di matrimonio del cavaliere?»

«Il cavaliere ha scritto di nuovo a mio padre, ma non ha ancora ricevuto una risposta. Ed è così perché mio padre sta aspettando la *mia* risposta.»

«Vostro padre ha una grande considerazione della vostra opinione.»

«È così, *Monsieur le Duc*.»

Antonia passò lo sguardo dal duca a *Madame* Haudry, poi tornò a guardare lui e chiese ansiosamente: «Non capisco. Certo il papà di Elisabeth-Louise accetterebbe volentieri un'unione tra il cavaliere e sua figlia. Al momento Montbelliard è povero, ma è l'erede del *Comte de Salvan* e ci sono parecchi creditori che gli presterebbero volentieri dei fondi. E il duca di Touraine non ha bisogno di conoscere l'altra notizia fino dopo il loro matrimonio. Quindi il problema si risolve da solo, *hein*?»

Il duca le tenne la mano sul ginocchio e le disse gentilmente: «Se fosse così semplice, *ma vie*.»

«Perché? Perché non è così, *Monseigneur*?»

Prima che il duca potesse rispondere intervenne Michelle Haudry spiegando: «Mio suocero mi ha dato il permesso di farvi un'offerta, *Monsieur le Duc*. Se i termini sono accettabili, allora non dubito che mio padre sarà favorevole all'unione, specialmente quando saprà della generosità di mio suocero, ma ancora di più quando sarà messo al corrente che non vi opponete all'unione». Fece un debole sorriso. «Non si è mai aspettato che Elisabeth-Louise contraesse un'unione importante, dato il suo temperamento impetuoso, quindi sarà più che felice. Il matrimonio poi dovrebbe seguire molto in fretta, date le... ehm... condizioni di mia sorella.» Si rivolse ad Antonia con un sorriso dolce. «Farà piacere a tutti e solo pochi di noi saranno sorpresi dal fatto che, non molto dopo il matrimonio, la coppia annuncerà che stanno aspettando un figlio. Quindi sì, *quel* problema si risolverà da solo *Madame la Duchesse*.»

Antonia le sorrise a sua volta, ma continuò a essere ansiosa. «Avete detto *quel* problema, quindi devo presumere che ci siano altri problemi di cui siete entrambi al corrente ma io no.»

«È vero, *Madame la Duchesse*» dichiarò Michelle Haudry con un'occhiata al duca che sorseggiava il caffè in silenzio. «E solo *Monsieur le Duc* e mio suocero sono in grado di risolverli.»

«Capisco perfettamente perché il cavaliere debba sposare vostra sorella immediatamente» rispose Antonia. «E capisco perché non volete turbare vostro padre con la difficile situazione di vostra sorella, perché ovviamente lo indisporrebbe nei confronti del cavaliere. Ciò che non capisco è l'interesse di vostro suocero e perché sia necessario che voi siate la sua emissaria. Né capisco perché *Monsieur* Haudry vi stia facendo un'offerta, *Monseigneur*» aggiunse rivolgendo lo sguardo al duca, «perché certamente si tratta di una faccenda che deve risolvere la famiglia Touraine, eppure perfino il *Duc de Touraine* vuole la vostra approvazione. Quindi siete voi colui che detiene la chiave. Ma di che cosa?» Alzò le mani. «*Je suis perdue!*»

«La maggior parte della gente sarebbe persa come voi, *ma vie*» rispose il duca con un sorriso comprensivo. «Cercherò di spiegarvi le cose nel modo più semplice possibile. Non perché vi ritenga incapace di capirlo in un altro modo, ma perché credo che il suocero di *Madame* Haudry in questo momento stia camminando avanti e indietro nella casa accanto, aspettando il suo ritorno con la mia risposta...?» Quando Michelle Haudry annuì, continuò: «E perché c'è la possibilità che Vallentine ci interrompa con qualche banale domanda, per lui di importanza vitale, su quale carta da parati si adatti meglio al tessuto delle tende del suo spogliatoio».

VENTICINQUE

IL DUCA spiegò in questo modo la situazione.

«Innanzitutto è necessario che descriva l'importante posizione che detiene il suocero di *Madame* Haudry. È uno dei quaranta *Fermiers Généraux* di Francia. Questi uomini controllano una vasta rete che riscuote le tasse e i dazi dovuti alla corona dai suoi sudditi; tasse che sono imposte su tutto, dal sale al tabacco. È un lavoro complicato che coinvolge centinaia di persone impiegate in diversi ruoli, dagli amministratori all'equivalente di truppe personali per imporre il pagamento dei crediti in sofferenza. E per amministrare e raccogliere queste tasse in nome del re, ogni *Fermier Général* riceve un bonus sostanzioso dal tesoro reale.

«Questo sistema di tassazione ha reso questi uomini eccezionalmente ricchi, e questo significa non solo che la popolazione li considera avidi e li odia, ma lo fanno anche i nobili perché i *Fermiers Généraux* sono più ricchi di loro, possiedono case e tenute che loro invidiano e perché non sono obbligati a passare le loro giornate come cortigiani qui a palazzo; le loro vite non sono vincolate al dovere verso il re. Potete correggermi, *Madame*

Haudry, ma credo che vostro suocero, André Grimod Haudry sia uno dei *Fermiers Généraux* più ricchi.»

«È così, *Monsieur le Duc.*»

«E il mio riassunto per la duchessa riguardo al lavoro di *Monsieur* Haudry? Siete d'accordo?»

«Sì, *Monsieur le Duc*» rispose Michelle Haudry anche se non poté evitare un sorriso ironico quando aggiunse: «Ciò che aggiungerei a beneficio di *Madame la Duchesse* è che, anche se collettivamente i *Fermiers Généraux* sono odiati dalla popolazione e invidiati dalla nobiltà, ci sono singoli *Fermiers Généraux* che usano la loro ricchezza per patrocinare progetti meritevoli e per promuovere il lavoro di artigiani eccezionali, nonché fare del bene per la chiesa. Mio suocero è uno di questi e forse è meno odiato della maggior parte di loro».

Il duca inclinò la testa, confermando la sua opinione.

Antonia giocherellò con i braccialetti di perle ai polsi mentre rifletteva, con una mano ancora in quella di suo marito e disse, accigliata: «*Monseigneur*, anche se ho un'idea più chiara della posizione di *Monsieur* Haudry come *Fermier Général*, sono ancora persa. Mi dispiace, ma non capisco ancora che cosa abbia questo a che vedere con il matrimonio di Elisabeth-Louise con il cavaliere Montbelliard. O il fatto che il *Duc de Touraine* faccia affidamento sulla vostra opinione prima di dare il suo consenso.»

«Non c'è bisogno che vi scusiate, *mignonne*, perché vi devo ancora spiegare il collegamento.» Porse la tazza e il suo piattino a un cameriere in attesa. «Posso continuare?»

Antonia annuì e si sistemò sul divano, con entrambe le mani ora in grembo e la schiena diritta. Sorrise al duca e disse allegramente: «Ho fiducia che capirò una volta che avrete spiegato tutto. Quindi continuate per favore.» Poi ebbe un pensiero improvviso. «Oh! A meno, ovviamente, *Madame* Haudry, che non desideriate un'altra tazza di caffè...?»

Michelle Haudry scosse la testa, nascondendo in fretta un

sorriso davanti all'entusiasmo di Antonia. «No, *Madame la Duchesse*, sto bene così.»

«E spero che mi scuserete se ho bisogno che *Monsieur le Duc* mi dia ulteriori spiegazioni. Anche se io trovo affascinante imparare cose nuove, voi potreste annoiarvi, sapendo già tutto. Ma vi assicuro che *Monsieur le Duc* è un ottimo *précepteur*, e quindi forse imparerete anche voi qualcosa, *oui*?»

«Grazie, *ma vie*, ma posso assicurare *Madame* Haudry che arriverò in fretta al punto...»

«Oh sì» lo interruppe Antonia, aggiungendo con entusiasmo: «Perché suo suocero in questo momento sta logorando il tappeto! Non vi interromperò più».

«Sarebbe meglio in queste circostanze. Ricordate Vallentine e i suoi campioni di carta da parati.»

«Non l'ho dimenticato! Arriverà presto, dato che gli ho promesso la mia opinione sulla sua scelta di colori. Quindi quando ci interromperà ricordate che non è completamente colpa sua...Oh! Perdonatemi. Adesso starò zitta e ascolterò.» Alzò il mento e piegò la testa di lato. «Avete tutta la mia attenzione. *S'il vous plaît, continuez*!»

«Grazie, *mignonne*» disse il duca con la voce seria, anche se non riuscì a nascondere gli occhi divertiti.

Travolta da un senso di gioia alla vista dell'interazione scherzosa tra i duchi, Michelle Haudry fu obbligata a reprimere una risatina. Con sua moglie, l'austero nobiluomo si trasformava in un essere completamente diverso da quello che era secondo l'opinione comune. Si sentì privilegiata di essere in loro compagnia e aveva sicuramente imparato qualcosa di nuovo. Fu un momento così raro che avrebbe voluto tenerlo per sé, ma ovviamente lo avrebbe condiviso con suo suocero che avrebbe apprezzato questa rara visione dell'enigmatico duca. Non le impedì comunque di sentirsi mortificata di aver riso in loro presenza; se il duca e la duchessa l'avevano sentita, scelsero di ignorarlo e il duca continuò.

«Nonostante l'enorme ricchezza di *Monsieur* Haudry e la sua posizione all'interno della confraternita degli esattori delle tasse» stava dicendo il duca ad Antonia, «o la sua posizione nella società parigina tra la borghesia, la sua influenza non si estende al palazzo e alla corte del suo re. E senza influenza a corte, *Monsieur* Haudry ha poche speranze di ottenere ciò che più desidera al mondo.»

«Ma sicuramente con la sua ricchezza può avere tutto ciò che vuole, no?»

«Sì, ed è ciò che fa. Ma c'è una cosa che nessuna quantità di denaro può comprare.»

Antonia era perplessa e restò in silenzio, aspettando una spiegazione. Il duca si chinò verso di lei e disse a bassa voce. «Ciò che desidera è arrivare all'orecchio del re.»

Sorpresa, Antonia gli chiese: «Un ricco borghese non può arrivare all'orecchio di Sua Maestà?»

«Sì, ma quell'orecchio resta sordo, vedete, perché lui non ha la nobiltà richiesta per essere ascoltato.»

Antonia ci pensò un momento. «Ma... Ma se la nuora di *Monsieur* Haudry è la figlia del *Duc de Touraine*, allora quel legame non lo porta un passo più vicino all'orecchio del re?»

«Sì, ma dato che *Monsieur le Duc de Touraine* preferisce mantenere le distanze restando con il suo reggimento, è troppo lontano dal re per essere ascoltato, quindi non serve a *Monsieur* Haudry.»

«Il generale più decorato di Francia non intende fare uno sforzo per il bene del suocero di sua figlia?»

Se il duca fu sorpreso che Antonia avesse scelto di parlare in inglese, non lo dimostrò. Anche se ne capiva il motivo, cioè che la loro ospite non capisse la loro conversazione, quindi le rispose nella stessa lingua.

«È un'osservazione astuta, amore mio. Avete ragione. Il duca preferisce tenere le sue... ehm... dita lontane dalla fiamma della politica. Lascia gli intrighi di corte a sua madre...»

«*Tante Philippe*?»

«Sì. Lei è molto più brava a ingraziarsi il re. O dovrei dire che lo *era*, ma essendo una Salvan...»

«Ha perso l'influenza che poteva avere a corte quando il *Comte de Salvan* è stato esiliato» dichiarò Antonia, finendo la sua frase con un cenno di conferma. «Peccato per il suocero della nostra ospite. Senza dubbio pensava che il matrimonio di suo figlio con la figlia di un duca gli avrebbe permesso di arrivare all'orecchio del re. Quando in effetti si è trovato alleato a una famiglia in disgrazia.»

Il duca sorrise, lieto della comprensione che dimostrava dei corollari politici. «*Touché*, mia cara.»

Antonia diede un'occhiata a *Madame* Haudry che restava impassibile. Tornando alla sua lingua natia disse al duca, con un sorriso sornione: «Ma dato che voi avete accesso all'orecchio di Sua Maestà, sembra che *Monsieur* Haudry ora desideri che sussurriate all'orecchio del re per conto suo.»

«Già, è quello che immagino. Sì.»

«Mi chiedo che cosa desidera che gli diciate?»

«Forse dovremmo chiederlo a *Madame* Haudry?»

Il duca e la duchessa si voltarono contemporaneamente verso Michelle Haudry. Se la loro ospite era intimidita non lo diede a vedere. In effetti, li sorprese con un'ammissione che nessuno dei due si aspettava.

«Chiedo venia, ma dovrei dirvi, per evitare che pensiate che stessi origliando, che non solo capisco l'inglese, ma lo scrivo e lo leggo. Conosco anche l'italiano e lo spagnolo.» Il suo sorriso fu autoironico. «Mio suocero dice che le mie capacità linguistiche sono una grande risorsa per il suo lavoro e in qualche modo compensano la disgrazia della famiglia Salvan.»

Il duca le rivolse un cenno con la testa. «Vi ringrazio per la vostra sincerità, *Madame* Haudry. Non dubito che la vostra intelligenza sia più apprezzata dalla famiglia di vostro marito e vostro suocero di quanto lo fosse nella vostra famiglia.»

«*Monsieur le Duc* è sincero, *Madame* Haudry» le assicurò

Antonia. «*Monseigneur* mi dice che le ragazze della *bourgeoisie* sono educate meglio di molte delle figlie della nobiltà, il che le rende compagne migliori e più apprezzate dai loro mariti. Voi e io, siamo un'eccezione per la nostra classe, *oui*, perché anche noi siamo state educate. Quindi non ho dubbi che la famiglia di vostro marito apprezzi le vostre capacità. Non è così, *Monseigneur*?»

«È così, e credo che *Madame* Haudry mi abbia inquadrato» ribatté scherzosamente il duca. «E anche voi, *mignonne*. Come noi abbiamo inquadrato lei.» Sostenne lo sguardo di Michelle Haudry. «Le mie orecchie sono a vostra disposizione, *Madame*.»

Il duca e la duchessa aspettarono la sua reazione.

«Mio suocero in effetti desidera che *Monsieur le Duc* sussurri all'orecchio del re» ammise. «Ma non vuole che voi facciate una cosa così *gauche* come sussurrare direttamente a lui. Ciò che vuole è essere portato all'attenzione dell'amante del re, *Madame de Pompadour*, e vedere se è possibile ottenere un appuntamento con lei.»

«A che scopo?»

«In prima battuta?» Michelle Haudry fece spallucce, evasiva. «Tutto ciò che mio suocero desidera è rendere un servizio alla marchesa. E se lei sarà soddisfatta di quel servizio, lui potrà chiedere un favore… prima o poi.»

«Un favore come un titolo per suo figlio, vostro marito, forse?» disse il duca inarcando le sopracciglia nere.

Michelle Haudry annuì, con le guance che diventavano rosse. «Come ben sapete, *Monsieur le Duc*, un *Fermier Général* che può vantare una nuora aristocratica non è da schernire, ma senza la necessaria entratura a corte e al re, ci sono poche prospettive per la famiglia Haudry di ottenere un titolo nobiliare.» Fece un debole sorriso. «Avete ragione, *Monsieur le Duc*. È così che funziona il mondo. Per quelli che sono abituati a ottenere ciò che vogliono, quello che non possono avere diventa un'ossessione. Ed è così con mio suocero. È ai massimi livelli nella sua professione e in quanto a ricchezza, quindi ora ciò che brama è assicurare il futuro della sua famiglia. E potrà farlo con il vostro aiuto, *Monsieur le Duc.*»

«*Monsieur* Haudry si rende conto che anche se lo portassi all'attenzione del re o della sua amante in carica, non ci sono garanzie che mi ascoltino o che gli facciano dei favori.»

«È pronto a correre quel rischio, *Monsieur le Duc.*» Entrò una luce negli occhi di Michelle Haudry, che sorrise aggiungendo: «Ma è affascinante nella sua arroganza e sono fiduciosa che raggiungerà il suo obiettivo con *Madame la Marquise de Pompadour*, se ne avrà l'opportunità. Se mi perdonerete il complimento, perché non intendo mancarvi di rispetto, vi dirò che voi e lui siete simili sotto questo aspetto.»

Antonia si chinò verso il duca e gli sorrise con uno scintillio negli occhi. «Mi piacerebbe conoscere *Monsieur* Haudry.»

«Non dubito che anche lui desideri fare la vostra conoscenza, *ma vie*» rispose dolcemente il duca, inconsciamente chinandosi verso di lei. Ma si riprese quasi subito, perché era stato sul punto di baciarla in pubblico. Si rimise seduto diritto e si voltò verso un cameriere per ordinare una seconda tazza di caffè.

Michelle Haudry sospirò tra sé e sé, testimone di quel momento e desiderando che suo marito la guardasse come il duca guardava la sua duchessa. Ma si riscosse da quei frivoli pensieri perché aveva un compito da svolgere e suo suocero contava su di lei, e anche sua sorella. Eppure era abbastanza distratta che colse solo la fine della domanda del duca e la sua espressione distante lo obbligò a ripeterla.

«E per questo piccolo favore, una presentazione, che cosa offre *Monsieur* Haudry in cambio?»

VENTISEI

SEGUENDO l'esempio del duca, Michelle Haudry arrivò diritta al punto.

«*Monsieur le Duc*, mio suocero è conscio dell'equilibrio delicato che esiste tra voi e i vostri parenti Salvan. È negli atti pubblici che la *lettre de cachet* che ha bandito il *Comte de Salvan* nella sua tenuta è stata emessa su vostra istigazione. Con l'esilio è arrivata la perdita dei benefici di corte. Come conseguenza, la sua famiglia ha sofferto di difficoltà finanziarie...»

Fermandosi per deglutire, con la gola e le labbra secche, Michelle Haudry desiderò di aver accettato la seconda tazza di caffè. Ciò che aveva provocato questa improvvisa secchezza era stata la notevole trasformazione del duca alla menzione della *lettre de cachet*. I suoi lineamenti si erano induriti. La dolcezza e la luce erano sparite dai suoi occhi. Al loro posto c'era un'espressione implacabile che le disse tutto ciò che aveva bisogno di sapere, che avrebbe trasmesso a suo suocero, senza doverglielo chiedere direttamente: che il duca non avrebbe mai perdonato il *Comte de Salvan*, che quindi non aveva nessuna possibilità di ricevere il perdono del re e di conseguenza nessuna speranza di tornare in società.

Saperlo, significava che l'offerta che avrebbe fatto per conto di suo suocero, come avevano discusso prima della sua visita, doveva essere più che generosa. *Monsieur* Haudry era disposto a dare quasi tutto affinché il duca accettasse di presentarlo all'amante in carica del re e quindi poi al re stesso. Eppure era acutamente conscia che il suo ospite non era in alcun modo obbligato. E se non si fosse mosso, allora ogni speranza che il figlio di *Monsieur* Haudry ricevesse un titolo, e quindi che la famiglia fosse elevata nella nobile stratosfera, era assolutamente vana. Essendo figlia di un duca queste conseguenze la preoccupavano meno dell'incerto destino di sua sorella e del futuro che Elisabeth-Louise sperava di avere con il cavaliere Montbelliard, se il duca fosse rimasto implacabile. Solo il suo potere di persuasione poteva aiutarli.

«*Madame*, siamo al corrente di tutto ciò che avete inutilmente sottolineato» dichiarò il duca seccamente, interrompendo le sue riflessioni. «Se volete arrivare al punto…»

«Certo, *Monsieur le Duc*» rispose sommessamente Michelle Haudry, guardando coraggiosamente gli occhi scuri del duca. «La società può credere che voi abbiate fatto notificare al *Comte de Salvan* una *lettre de cachet* per toglierlo di mezzo in modo da poter sposare *Madame la Duchesse*, ma mio suocero conosce i fatti. Che il folle figlio del conte ha aggredito la duchessa quando era incinta e…»

«No! No! Non un'altra parola! Ho sentito abbastanza!»

Era Antonia, balzata in piedi con le mani strette al seno. Il duca si alzò immediatamente e lo fece anche Michelle Haudry, con il volto pallido e lo sguardo fisso sul tappeto, incapace di esprimere la sua mortificazione per aver sconvolto la coppia, in particolare la duchessa la cui angoscia era scritta sul bel volto.

Il duca fece un cenno al cameriere, un segnale di scortare fuori la loro ospite.

«Questo colloquio è finito, *Madame*.»

«Aspettate» lo contraddisse Antonia e quando Michelle Haudry si voltò, guardò il duca e sussurrò, dopo aver fatto un profondo, tremante respiro: «Mi-mi dispiace. Non volevo essere sciocca, ma non posso farne a meno. Non voglio rivivere quell'episodio, Renard. Non ci riesco. Ma dobbiamo sentire che cos'ha da dire *Madame* Haudry.»

Il duca coprì le mani unite di Antonia con la sua e appoggiò piano la fronte sulla sua.

«Non c'è niente per cui dobbiate scusarvi, *ma belle*. La pensiamo allo stesso modo. Avete sempre detto che dobbiamo solo guardare al futuro, non è così? Quanto a questo colloquio, non abbiamo obblighi nei confronti di nessuno. E non accetto che vi angosciate.» Le baciò dolcemente la tempia. «Ho finito la mia corrispondenza di oggi, quindi andiamo nella Galleria e da nostro figlio prima che Vallentine ci travolga con le sue scelte di decorazioni e tendaggi.»

«Niente mi piacerebbe di più, *Monseigneur*, ma voglio aiutare questa giovane coppia. Il cavaliere non ha chiesto di essere l'erede di Salvan e certo non desidera essere un nemico per voi. Non ha forse dimostrato la sua lealtà nei vostri confronti, e non in quelli dei Salvan avvertendovi, quando eravate alla locanda, del complotto di *Tante Philippe*? Capisco che non possiate fare nulla che vada contro il vostro onore, né dovreste, e non voglio mettervi in una posizione impossibile, ma proprio come nostro figlio, quello di Elisabeth-Louise merita di avere un padre e una casa e un futuro, *hein*?» Gli rivolse un sorriso radioso. «Se c'è qualcuno che può trovare una via d'uscita da questo dilemma, siete voi.»

Il suo sorriso abbagliante e pieno di speranza non mancava mai di indebolire la sua determinazione. Ma fu la completa fiducia che aveva in lui che fu la sua rovina. Come poteva rifiutarsi? Ovviamente non voleva deluderla. Alzò una mano, capitolando.

«Che cosa offre *Monsieur* Haudry, *Madame*?» chiese il duca, voltandosi a guardare la loro ospite. «Un futuro per la giovane coppia? È quello che desidera la duchessa. Se vostro suocero può fornirlo, allora possiamo riprendere questa conversazione. Altrimenti...»

«Si dà il caso che sia precisamente ciò che offre, *Monsieur le Duc* e *Madame la Duchesse*» rispose con calma Michelle Haudry, guardandoli.

«Allora sedetevi, *Madame* Haudry» disse vivacemente Antonia e riprese il suo posto sulla *chaise longue* imbottita con le mani strette in grembo e il duca seduto accanto a lei. «E diteci tutto della proposta di *Monsieur* Haudry.»

Michelle Haudry fece ciò che le chiedevano e dopo un respiro profondo si rivolse alla coppia.

«Mio suocero vuole assicurarvi, *Monsieur le Duc*, che è consapevole del delicato equilibrio che esiste tra voi e i vostri parenti Salvan. Capisce anche che il cavaliere Montbelliard si trova in una posizione complicata per via delle circostanze della sua nascita. Come erede del *Comte de Salvan* è involontariamente diventato un nemico per voi. Non credo che voi auguriate del male al giovane, ma il vostro onore non vi permette di rimangiarvi la parola di rinnegare la casata dei Salvan. La soluzione più semplice sarebbe che il cavaliere se ne andasse e lasciasse in pace voi e la vostra famiglia. Ma come può farlo, quando sono le vostre zie e il resto della famiglia Salvan a sostenerlo? E per complicare ancora di più le cose, vuole sposare mia sorella, figlia di uno dei vostri amici più intimi.»

«Mi chiedevo quando sareste arrivata al cuore del problema, *Madame*» disse il duca. «Lasciatemi indovinare! State per raccontarci che vostro suocero è un illusionista e può far sparire Montbelliard con i suoi trucchi? Ancora meglio, l'intera tribù dei Salvan!»

Michelle Haudry arrossì. «Qualcosa di simile, *Monsieur le Duc*.»

Antonia si sporse in avanti, affascinata. «Oh, mi piacerebbe veramente vedere questo trucco!»

«Ciò che sta offrendo il suocero di *Madame* Haudry è di far sparire completamente Montbelliard dalla società, *mignonne*» spiegò gentilmente il duca.

Antonia si accigliò. «Ma... potrà riportarlo indietro da dovunque lo spedisca, *hein*?»

«Se posso permettermi, *Madame la Duchesse*...?» Quando Antonia annuì, Michelle Haudry continuò. «Mio suocero può in effetti far sparire il cavaliere, ma solo il duca avrà il potere di farlo tornare.» Inclinò la testa verso il duca. «Se desidererete farlo tornare...»

Il duca si appoggiò allo schienale e pulì l'occhialino con un sorriso ironico, mentre la duchessa passava lo sguardo dalla loro ospite a suo marito, riflettendo per poi esclamare: «Ah, capisco com'è. Siete entrambi dei maghi! Voi e *Monsieur* Haudry!» Toccò il braccio del duca con gli occhi che brillavano. «Ed è così che dev'essere.» Si rivolse a Michelle Haudry. «Per favore spiegateci come funziona questo gioco da illusionisti!»

«In parole povere, il cavaliere sposerà mia sorella con una cerimonia intima qui a Versailles e poi partiranno per un lungo soggiorno in campagna.»

Il duca alzò un sopracciglio. «Lungo... quanto?»

«Questo dipenderà da voi, *Monsieur le Duc*. Mio suocero comprerà una piccola tenuta per la coppia e pagherà per il mantenimento sia di quella sia della coppia anche per il futuro. In cambio, il cavaliere si impegnerà a che né lui né sua moglie né i loro eredi entrino in società né visitino Parigi o Versailles, finché non avranno il vostro benestare per farlo. Che sia prima o dopo aver ereditato il titolo. E dato che vi stima moltissimo e vuole compiacervi, non ho dubbi che Montbelliard darà la sua parola di non avvicinare mai né corrispondere con il *Comte de Salvan*.»

«*Monsieur* Haudry ha una particolare tenuta in mente?» chiese il duca.

«Un piccolo castello che dà sul Rodano, con un consistente vigneto. È stato costruito per un arcivescovo all'inizio di questo secolo. L'acquisto da parte di mio suocero di questa proprietà allevierà il considerevole fardello finanziario della famiglia del prete…»

«Quindi sono tutti soddisfatti!» esclamò Antonia. «Avete menzionato il fiume Rodano, ma dove in particolare, perché comincia nelle Alpi Svizzere e sfocia nel Mediterraneo. Ma dato che il castello è circondato da vigneti presumo che sia da qualche parte nel sud, *oui*?»

«Oh, sì, *Madame la Duchesse*. È così» rispose Michelle Haudry, impressionata dalla conoscenza della geografia di Antonia. «La città più vicina è Arles…»

«Oh, come sono fortunati vostra sorella e il cavaliere!» esclamò Antonia. «C'è così tanto da esplorare ad Arles, perché una volta era un porto importante per i Romani. Ma probabilmente lo sapevate» disse al duca, prima di rivolgersi alla loro ospite. «Ci sono le rovine più meravigliose, con gran parte dell'anfiteatro ancora in piedi e anche il circo. E ci sono i resti di un acquedotto e-e mulini! Costantino aveva fatto costruire lì anche dei bagni.»

«Vorrei che Vallentine avesse dimostrato metà del vostro entusiasmo per i resti delle antiche civiltà quando lui e io facevamo il Grand Tour» disse il duca scherzoso con un sorriso involontario per l'entusiasmo prorompente di Antonia. «Ancora meglio, che ci foste stata voi con me. Quando avete visitato Arles, *ma fée*?»

«*Mon père* e io ci siamo rimasti solo pochi giorni, eravamo in viaggio per andare a Genova, e avevamo preso la strada costiera.» Sospirò per mostrare la sua delusione. «Purtroppo non abbiamo avuto il tempo per vedere tutto ciò che speravamo.» Si chinò verso il duca e chiese, senza fiato: «Forse un giorno potremmo visitare Arles.»

«Mi piacerebbe molto.»

«*Bon*! Allora è deciso!»

Si scambiarono uno sguardo amorevole e per un momento ci furono solo loro due nella stanza. Fu Antonia che fece riprendere a scorrere il tempo quando si rivolse a Michelle Haudry chiedendole: «Vostra sorella si accontenterà della vita come moglie di un gentiluomo di provincia? Si rende conto che Arles è talmente lontana dalla corte, Parigi e la sua famiglia che tanto varrebbe che vivesse a San Pietroburgo?»

«*Madame la Duchesse*, mi vergogno di ammettere di avere meno compassione per la difficile situazione di mia sorella di quanta ne ha avuta mio suocero. Elisabeth-Louise, come si dice, si è scavata la fossa. Se adesso le fosse ordinato di vivere a San Pietroburgo, così sia. Come moglie del cavaliere dovrà fare ciò che è meglio per lui e per il loro bambino.» Sorrise e un'involontaria nota di tenerezza velò la sua voce quando ammise: «Ma mio suocero è un gentiluomo di grande sensibilità. Non voleva che la coppia soffrisse indebitamente e quindi ha scelto una tenuta alla periferia di Arles perché la sorella di Montbelliard ha sposato un funzionario del posto... Credo che abbia a che fare con la spedizione di carichi su e giù per il fiume. Ma non importa. Ciò che è importante è che avranno vicino dei membri della famiglia.» Si rivolse al duca. «E Arles è abbastanza lontana che dubito che i membri della famiglia Salvan interferiranno nuovamente nelle loro vite. Quindi, come avete giustamente suggerito, *Madame la Duchesse*, sarebbe come se vivessero a San Pietroburgo.»

«*Monsieur* Haudry è proprio un mago e tutto si sistema da solo» rispose felice Antonia e guardò il duca. «Siete soddisfatto di questi accordi, *Monseigneur*?»

«Sì, *mignonne*» rispose il duca infilandosi l'occhialino in tasca e rivolgendosi alla loro ospite: «*Madame*, potete offrire le mie congratulazioni a *Monsieur* Haudry per il suo ingegno nel trovare una soluzione per una situazione che stava diventando velocemente un problema. Potete anche dirgli che la prossima volta che sarò in compagnia di *Madame la Marquise de Pompadour*, che sarà tra pochi giorni, sarà mia premura sussurrarle all'orecchio il suo buon nome».

«Grazie, *Monsieur le Duc*. Non vedo l'ora di condividere la buona notizia con mio suocero...»

«In modo che possa smettere di rovinare i tappeti, *oui?*» disse Antonia con un sorriso, alzandosi, imitata dal duca e *Madame* Haudry. Ma invece di finire il colloquio disse con una perspicacia per i sentimenti altrui che non mancava mai di sorprendere il duca: «Capisco perché vostro padre apprezzi la vostra opinione. Ma è vostro suocero che apprezza il vostro cervello più di chiunque altro nella vostra famiglia o nella sua. Vi stimate a vicenda.»

Michelle Haudry si sentì immediatamente turbata dall'acume della duchessa, ma riuscì a rispondere con la voce sicura. «Sì, *Madame la Duchesse*. E se sarò in grado di aiutarlo a realizzare le sue ambizioni per la sua famiglia, specialmente per mio marito e i nostri figli, allora non mi dispiace.»

«Forse ci sono altri modi in cui potreste favorire le ambizioni di vostro suocero» disse il duca, pensieroso. «Un modo che vi permetterebbe di far buon uso del vostro cervello e della vostra saggezza. Ma ne parleremo un altro giorno e alla presenza di *Monsieur* Haudry. Ora è il momento di dargli la buona notizia e quanto a noi, ci aspettano altrove.»

Michelle Haudry fece una riverenza, ammettendo con un piccolo sorriso: «Dato che avete riposto in me la vostra fiducia, voglio essere completamente franca con voi, *Monsieur le Duc* e *Madame la Duchesse*. Sono stata io a persuadere mio suocero a permettermi di fare questo accordo a nome suo. Perché, come figlia di uno dei vostri amici più intimi, sarei stata più accettabile per voi rispetto a un *Fermier Général*. Ma le mie ragioni non erano completamente disinteressate».

«Lasciate che indovini» disse lentamente Roxton. «Volevate vedere da sola se ciò che si mormora in giro era vero.»

Antonia era disorientata.

Non Michelle Haudry.

Il duca illuminò entrambe.

VENTISETTE

«Avete chiesto di essere l'emissaria di vostro suocero non solo per aiutare vostra sorella e negoziare questo accordo» spiegò il duca, «ma in modo da fare rapporto a vostro padre sul nostro matrimonio.»

«Sì, *Monsieur le Duc*» confessò Michelle Haudry, aggiungendo in fretta: «Ma la sua contentezza e i suoi migliori auguri per la *vostra* felicità erano completamente sinceri!»

«Non ne dubito» rispose il duca. «Vostro padre è un amico caro e fidato.» Fece un sorrisino. «Potrà sorprendervi sapere che vi ha mandato da me in modo che potessi anch'io fare rapporto su di *voi*.»

«Su di *me*?» Michelle Haudry era così sbalordita da essere insolitamente brusca. «Perché avrebbe dovuto farlo?»

«Quando ha saputo che avevo bisogno di una nobildonna da piazzare a corte, della quale avrei potuto fidarmi implicitamente, mi ha raccomandato voi. È stato elogiativo, non come un padre che esageri i meriti di una figlia, ma come una persona che conosce i miei severi requisiti, in particolare confermando che siete completamente affidabile e impervia alle adulazioni. È un giudizio corretto, *Madame* Haudry?»

«Sì, *Monsieur le Duc*. Sono così.»

«*Merveilleux*! Comunque dovrete imparare a nascondere meglio la vostra… ehm, sorpresa. A Versailles, dopotutto, impera l'artificio. Ma possiamo lavorarci. Sotto ogni altro aspetto credo, e sono certo che la duchessa sia d'accordo con me, siete la persona ideale.»

«Grazie, *Monsieur le Duc*» rispose Michelle Haudry facendo una riverenza. «Aspetto con ansia il prossimo incontro alla presenza di *Monsieur* Haudry, in modo che possiate informare entrambi su cosa desiderate che faccia per voi.»

Il duca inclinò la testa. «Ed ecco la risposta perfetta! *Touché*!»

Antonia piegò la testa, riflettendo. «Dato che *Monseigneur* è stato tanto cortese da essere sincero con voi, forse ci direte che cosa desidera sapere vostro padre in particolare riguardo al nostro matrimonio.»

«Se posso rispondere io…»

«Oh! Avrei dovuto chiederlo a voi, *Monseigneur*. Ovviamente *voi* lo sapete, vero?»

«Alphonse vuole gongolare. Come la grande maggioranza dei membri della società, non si era mai aspettato che mi sarei sposato per amore.»

«È perché *Monsieur le Duc de Touraine* non conosce *me*» dichiarò Antonia con un gran sorriso. «Quando mi conoscerà, capirà da solo la verità.»

«È così, *ma fée*. Ma credo che ora che ha passato un po' di tempo in nostra compagnia *Madame* Haudry abbia raggiunto la stessa conclusioni degli altri che ci conoscono. Il nostro è un matrimonio non solo dei cuori ma anche delle menti, nonostante la… ehm… disparità di età.»

Antonia fece un respiro profondo, reprimendo la sua irritazione.

«Per favore, *Monseigneur*, non parlate più di quella grossa stupidaggine. Sono sicurissima che *Madame* Haudry non l'abbia nemmeno notata!»

«*Mignonne*, se non mi sbaglio, credo che scoprirete da sola che *Madame* Haudry nota *tutto*. E il motivo per cui era ansiosa di vederci di persona è proprio quella grossa stupidaggine.»

«Davvero?» esclamò Antonia voltandosi verso la loro ospite con gli occhi sgranati. «Ma pensavo che aveste una mente brillante! Certo capirete che il cuore è l'organo più determinato e non accetta impedimenti quando ha trovato l'amore. *Il vero amore non ha età…*»

«*… e non conosce la morte.*» *Madame* Haudry completò la citazione dicendo con un sorriso triste: «Sì, *Madame la Duchesse*, adesso lo capisco. Ma non era così dieci anni fa. Per favore non pensiate che sia infelice. Mio marito è una brava persona e sono una moglie fedele in tutti i sensi, anche se il mio cuore appartiene a un altro. Se Dio vorrà, il prossimo figlio sarà un maschio e se le ambizioni di mio suocero per un titolo nobiliare si concretizzeranno, sarà più che sufficiente per soddisfare la mia famiglia.»

La loro ospite era appena stata accompagnata fuori dalla biblioteca quando Antonia si volse verso il duca per farsi abbracciare. Alzò la testa. «Sarà una spia eccellente, *Monseigneur*. È brava con le lingue straniere, ragionevole, saggia e ha bisogno di nutrire il cervello. E, come avete detto, nota *tutto*. *C'est fait*!»

Il duca ridacchiò. «Mandarmi rapporti in inglese sulle macchinazioni della corte di Louis non è proprio cibo per un'intelligenza vivace, ma allevierà la sua noia e le darà qualcosa da fare.»

«E lo farà anche perché favorirà le ambizioni della famiglia di *Monsieur* Haudry.» Poi si accigliò. «Renard, quanti anni aveva quando l'hanno maritata al figlio di *Monsieur* Haudry?»

«Touraine l'ha fatta sposare parecchi mesi prima del suo quattordicesimo compleanno. Credo che suo marito avesse un anno di più…»

«Solo bambini.»

«Sì. Ma matrimoni simili sono comuni tra la nobiltà qui in Francia.»

Antonia gli prese la mano e sostenne il suo sguardo. «Una ragazza di quattordici anni che ha vissuto fino a quel momento rinchiusa in un convento, lontana dal mondo, è enormemente diversa da una ragazza di diciotto anni cresciuta con un padre che le ha fatto vedere, leggere e imparare tutto ciò che desiderava.»

Il duca premette le labbra sul dorso della mano di Antonia. «Lo so, *ma vie*. E gli sono riconoscente ogni giorno per avervi educata come il figlio che non ha mai avuto. Non ho un solo rimpianto riguardo al nostro matrimonio né l'avrò mai. Una volta avete detto che credevate che fossimo destinati a stare insieme e sono d'accordo con voi. Non cambierei una virgola.» Poi, con un sorrisino: «Ah, c'è una cosa che cambierei...»

«Mi avreste sposata prima!» dichiarò contenta Antonia, rannicchiandosi tra le sue braccia, con la testa sul suo petto.

«Sposata prima» mormorò il duca, con il mento appoggiato sopra le trecce di Antonia, «e poi fuggito con voi sulle Alpi Svizzere...»

Antonia si staccò un po' per vedere la sua espressione. «Le Alpi Svizzere? *Pourquoi*?»

«È l'unico posto a cui riesco a pensare dove avremmo potuto avere la possibilità di passare un'intera giornata senza essere interrotti» le disse, lasciandola andare e guardando sopra la testa bionda verso la porta aperta. «Non ditemi» disse languidamente mentre lord Vallentine e Martin Ellicott entravano nella stanza senza essere annunciati. «Avete preso una decisione cruciale?»

Vallentine alzò entrambe le mani da cui pendevano fogli colorati di carta da parati e campioni di tessuto; Martin Ellicott fece la stessa cosa.

«Quale preferite?» chiese ansiosamente, allungando una mano: «Quello azzurro e bianco...»

«Azzurro egizio e bianco guscio d'uovo» lo interruppe gentilmente Martin Ellicott dando ai colori la nomenclatura giusta.

Sua signoria allungò l'altra mano, «… oppure il rosa e giallo?»

«Rosa antico e giallo Napoli» dichiarò Ellicott.

Vallentine indicò Martin con la testa, un segnale per lui di farsi avanti con le sue scelte, «Oppure quello che ha Ellicott: il rosa con il rosso…»

«Terra di Persia e sangue di drago.»

«… o il viola con il rosso e il giallo.»

«Rosso garanza, sangue di drago con un accenno di orpimento» aggiunse Martin Ellicott.

Entrambi gli uomini guardarono ansiosi i duchi, continuando a mostrare le loro scelte.

«Mi piace il nome sangue di drago, è adatto a voi, Lucian» rispose Antonia. «Ma quello è veramente azzurro o è un verde? Come l'avevate chiamato, Martin?»

«No! Non cominciate a discutere se sia azzurro o verde o qualunque colore in mezzo!» sbuffò Vallentine, lasciando cadere le braccia. «E voi non dite un'altra parola, Ellicott! Maledizione! Ci è voluta tutta la mattina ed Estée vorrà sapere che cos'ho scelto e ho una difficile decisione da prendere… *adesso.*» Alzò il mento squadrato verso il duca. «Beh, allora che preferisci, Roxton, eh?»

«Sono sicuro che tu sappia che cosa sceglierei» disse languidamente il duca, prendendolo in giro.

«Oh no! Non anche tu!» esclamò Vallentine. «Non te la caverai in questo modo. Tutta questa faccenda mi ha fatto venire un gran mal di testa. Ho smesso del tutto di pensare. Il mio cervello non sopporta più niente.»

Antonia era piena di simpatia e toccò la manica di Sua Signoria. «Siete stato rinchiuso in casa troppo a lungo, *mon beau-frère.* Avete bisogno di aria fresca. Quando Julian è agitato, lo porto fuori e si calma subito.»

«Non tentatemi! Che cosa non darei per un po' di scherma al sole d'inverno!» A Sua Signoria caddero le spalle. «Ma non posso. Non finché non sarò riuscito a finire questo dannato compito.»

«Potresti maledirmi per averlo detto» disse il duca, «ma hai mai pensato a ciò che sceglierà tua moglie per le sue stanze e se le tue scelte saranno complementari con le sue?»

Vallentine sembrò colpito da un fulmine. No, non ci aveva pensato. Diede un'occhiataccia a Martin Ellicott che diceva: *perché non ci avete pensato?*

Il duca scambiò un'occhiata complice con il suo ex-valletto e poi disse al suo amico ciò che voleva sentirsi dire.

«Il sole d'inverno e un po' di esercizio faranno bene a entrambi. Oh, e lei sceglierà il rosso garanza, il sangue di drago con l'accenno di... ehm... orpimento? Estée è portata per gli eccessi.»

Sua Signoria fece un gran sospiro di sollievo. «Grazie al cielo!» aggiungendo maliziosamente al suo compagno: «Avevate ragione, Ellicott e vi ringrazio per l'aiuto.» Poi tolse dalla mano destra di Martin la striscia di carta da parati e i campioni di tessuto prima di annuire alla mano sinistra. «Ora, siate così cortese da mettere quella collezione sulla scrivania di Roxton, perché stia al sicuro e perché mia moglie possa ispezionarla.»

E senza un'altra parola, con Antonia e Martin che lo osservavano, Vallentine gettò per aria i campioni scartati e uscì a grandi passi dalla biblioteca seguendo il duca, ansioso di farsi portare la spada e uscire all'aperto.

Fine, per ora...

DIETRO LE QUINTE

Andate dietro le quinte di serie *I Roxton, i primi anni* esplorate i posti, gli oggetti e la storia del periodo su Pinterest.
www.pinterest.com.au/lucindabrant/roxton-foundation-series.

La storia continua in *Le loro grazie*